耳袋秘帖　南町奉行と幽霊心中●目次

この小説は当文庫のための書き下ろしです。

編集協力　メディアプレス
DTP制作　エヴリ・シンク

耳袋秘帖

南町奉行と幽霊心中

序 章 死んだはずの二人

一

大川の河口の鉄砲洲《てつぽうず》の岸で、小舟に乗った男女の心中死体が見つかった。冷え込みが厳しくなって、川霧の出た早朝のことである。見つけたのは、漁師でも釣り人でもなく、賭場帰りの、いつも鼻唄まじりで生きているような、若い遊び人だった。

近くの番太郎が奉行所に報《しら》せに走る途中で、しめと雨傘屋こと英次《えいじ》の二人に会い、

「あ、女親分、心中です」

「なんだって」

二人は駆けつけて来た。

たちまちやって来た町方の手先を見ると、発見者の遊び人は、

「じゃあ、おれはここで」

と、妙に慌てふためいて帰ろうとするのを、

「あんた、待ちな」

しめは呼び止めた。

「なんでえ」

「あんた、遺体の懐を探ってないよね」

じつは、よくあることなのである。殺されたり、気を失ったりしている者の懐というのは、生きて動いている者より狙われやすい。懐を探って、番屋などに報せたりもせずに、逃げてしまうやつもいる。

「なに言い出すんだよ。せっかく報せてやったのによ」

遊び人はふてた顔で立ち去ろうとするのを、

「おっと、待った」

雨傘屋が回り込んだ。

しめは十手《じって》をかざしながら、遊び人の懐を探ると、紙入れに煙管《きせる》、煙草入れ、かんざしが出てきた。紙入れのなかを見ると、七両も入っていた。

「これはなんだい？」

「死んじまったんだもの、もう銭もかんざしもいらねえだろうが」

みたいだね」

「勘弁してくださいよ。親分」

まだ、二十歳になるかならないかだろう。泣きそうな顔になった。

「賭場帰りだろう」

「ご明察で」

「親、泣かせるなよ」

「泣かせません」

「博奕《ばくち》も適当にしとけよ」

「わかりました」

「今日は勘弁してやるよ」

しめは顎をしゃくるようにして、立ち去るのを許した。

まもなく、奉行所から長老格の同心で、もっぱら検死役をつとめている市川一岳《いちかわいちがく》がやって来た。

「市川の旦那。まさか殺しじゃないですよね？」

しめはふと思ったのだ。だとしたら、さっきの遊び人を帰してしまったのは早急だったかもしれない。だが、ここまで血が抜けるには、相当、時が経っていて、あいつがずっと待っているわけがない。

「どうかなあ。なんとも言えねえな」

小舟のなかで手首を切り、舟縁《ふなべり》に二人で寄り添い、手を水につけていた。他人がやれないことでもない。

失血死というのはわかる。蠟《ろう》のように真っ白で、血といっしょに皺やシミまで抜けたのではないかと思えるくらい、きれいな肌になっている。

「なんとも役者みてえな、色っぽい死にざまだぜ」

市川は言った。

小舟の心中というのは、確かに芝居の一幕みたいである。

しかも、美男美女だった。

男は三十半ば、命が消えても、きりっとした感じが残っている。生きていたときは、さぞかしきびきびした動きをしたのではないか。

女は二十二、三といったところか。口元に笑みが残っている。やさしげな、安心した子供のような顔だった。

舟の横には、〈薬研堀《やげんぼり》　岡本屋〉とあった。両国の舟宿のものだろう。

「まあ、身元もすぐにわかるだろう」

と、市川一岳はうんざりしたように言った。なにも死ななくても、ほかに道はなかったのかよ、という思いがある。

二

霧はずいぶん晴れてきている。

川岸にはいつの間にか大勢の野次馬が集まって来ていた。ざっと四、五十人はいるだろう。大半は漁師だが、いまから店に向かう途中のお店者《たなもの》や、現場に出ようという大工や鳶《とび》の姿も混じる。

そのうち、野次馬のあいだから騒ぎが起きた。

「おい、押すなよ。あぶねえだろうが」

「いいから、ちょっとどいてくれ」

「なにすんだい。川に落ちるだろうが」

「ちょっと、どいて」

「えっ、嘘だろう」

お店者ふうの若い男が、野次馬を押し分けて川の縁《ふち》まで来ると、と、声を上げた。

「どうした？ 知っている者か？」

市川が訊いた。

「その女は、日本橋の芸者、小菊《こぎく》ですよ」

「芸者？　芸者には見えねえな」

「いや、間違いありませんよ」

「なじみなのか？」

「なじみというか、小菊は火事で死んだはずですぜ」

男の言葉に、野次馬たちがどよめいた。

「本当か？」

「今年の春先に、浜町河岸《はまちょうがし》にあった舟宿が焼けたんです」

「ああ、そんなことがあったな」

「そのとき、二階にいて、火の勢いが強く、誰も助けることができなかったんです」

その火事というのは、確か捕り物にもからんでいた。

焼けるところは、通称夜回り同心の土久呂《どくろ》凶四郎《きょうしろう》が見ていたはずである。

「土久呂はもう寝たかな」

夜回りのあと、ふつうの人が仕事にかかるころに、土久呂は床に就くのである。

市川がつぶやいた。

「と、思います」

しめが答えた。

「ま、こんな事態だ。寝ていても、起こして連れて来てくれ」

「わかりました」

しめはうなずき、雨傘屋を見て顎をしゃくった。

雨傘屋は、野次馬をかきわけ、駆け出して行った。ここから南町奉行所までは、さほど遠くない。

四半刻（約三十分）ほどして――。

土久呂凶四郎がおっとり刀で駆けつけて来た。たいして眠そうではないので、まだ寝ていなかったのかもしれない。

舟のなかの女の顔を見るとすぐに、

「なんてこった」

凶四郎はうんざりしたように顔をしかめた。

「小菊とやらに間違いないか？」

市川が訊いた。

凶四郎は、口の右下にあるふくらみのない黒子《ほくろ》を確かめるように見て、

「間違いないと思います」

と、うなずいた。日本橋の売れっ子芸者だった。いまは凶四郎とわりない仲になっている川柳《せんりゆう》の師匠よし乃《の》の後輩でもあった。何度か挨拶されたこともあったのだ。

「なにか、捕り物にからんだ火事だったよな？」

市川が訊いた。

「ええ。船丸ごとという大がかりな取り込み詐欺の下手人が舟宿に姿を見せ、芸者の小菊を呼んで飲み始めたんです。その報せが来て駆けつけると、野郎はすでに火をつけてまして、たちまち燃え上がりました。おいらは、窓のところで助けてと叫ぶ小菊を見ましたが、火勢が強くて、どうすることもできませんでした」

「死体は?」

「焼け跡から、二つの死体が出ました。男か女かもわからないほどでしたが、当然、下手人と小菊だろうと」

「そうなるわな」

市川は何度もうなずいた。

それにしても、美しい二人だと、凶四郎は心中ひそかにため息をつく思いだった。

三

男のほうは何者なのか?

舟の持ち主である薬研堀の舟宿岡本屋のあるじが、呼び出されてやって来た。

「どうだ、見覚えはあるかい?」

という市川の問いに、

「ええ。昨夜、うちに来て、二人で夕飯を食べ、夜釣りをすると、舟を出しました
もどって来ないので、心配していたところでした」

「二人はよく来てたのかい？」

「このひと月のあいだに、三度ほどでしょうか。たいがい、先に男が来て、女のほうが後から来てましたね」

「身元は？」

「男のほうは、石町《こくちょう》の藤右衛門《とうえもん》とだけでした」

となると、手がかりは、あの遊び人に取られそうになった紙入れと煙管と煙草入れである。あるいは着物や帯を調べることになるかもしれない。

それを舟の舳先に並べると、野次馬を割って、体格のいい老人が、

「ちょっと、その煙管を見せてくれ」

と、声をかけてきた。

「五郎蔵《ごろぞう》さん」

凶四郎が言った。

「よお、土久呂さん」

南町奉行根岸肥前守鎮衛《ねぎしひぜんのかみやすもり》の、不良時代の盟友である。いまは、江戸の水運業の大《おお》立者《だてもの》になっている。

「ご存じの男じゃないですよね？」

「男の顔は見たことはねえが、ただ、その煙管は、おれの煙管といっしょだ。ほら」

と、五郎蔵は、自分の煙管を取り出して見せた。銀製で、煙草を詰めるところが虎の顔になっている。

「ほんとですね」

「これは、将監河岸《しょうげんがし》に住んでる佐之助という職人がつくるものだぜ。銀のこれは、そうそう数が出るもんじゃねえ。おれのよりだいぶ新しいから、訊けば注文主もわかるんじゃねえのか」

将監河岸はここからもすぐである。

凶四郎が自ら、佐之助を訪ねた。佐之助はもう八十近いくらいの年寄りだったが、遺体が持っていた煙管を見せると、

「ああ。これは小網町《こあみちょう》の〈高句麗屋《こうくりや》〉のあるじに頼まれてつくったものですね」

と、すぐに言った。

「高句麗屋だと……」

凶四郎はまたも頭を抱えたくなった。

高句麗屋藤右衛門は馬関《ばかん》（下関）商人で、江戸に進出してきたばかりだった今年の春先に、押し入りに襲われ、命を失くしていた。下手人はまだ捕まっていないは

すてある。ただ、この一件の担当は、北町奉行所だった。

すぐに小網町の町役人を呼んで、顔を確認させた。

「驚きましたね。間違いありません。高句麗屋のあるじですよ」

「なんてこった」

一同、頭を抱えた。

この晩——。

南町奉行所の裏手、根《ね》岸肥前守《ぎしひぜんのかみ》の私邸のほうに、宮尾《みやお》玄四郎《げんしろう》、椀田《わんだ》豪蔵《ごうぞう》、土久呂凶四郎と源次《げんじ》、しめと雨傘屋が集まっていた。いずれも奇怪な事件が起きると、根岸の直接の指示で動く面々である。

「幽霊同士の心中ってことになりますね」

宮尾が面白そうに言った。

「あんたは面白いかもしれねえが、おいらたちは大恥だ」

と、凶四郎は愚痴った。

「わかりませんよ。ほんとに幽霊だったかもしれませんし」

しめが神妙な顔で言った。

「奉行所の落ち度となると、あまり噂になるのは困りますね」

椀田が根岸を見てそう言うと、

「いや、こういうことは、人の口に戸は立てられぬ。明日にはもう、江戸中に広まっているさ」

根岸は笑い、さらにこう言った。

「それよりも、二人の幽霊の裏に、とんでもねえ化け物が潜んでいるやもしれぬぞ」

第一章　お化け雪駄《せった》

一

しめと雨傘屋は、おもに小網町の高句麗屋殺しの一件について調べを手伝うことになった。

といっても、本筋のほうは土久呂凶四郎や椀田豪蔵たちが調べるので、しめたちは高句麗屋がどんな商売をして、家族はどうで、近所の評判は？　といったようなことを訊き回っている。

高句麗屋藤右衛門に妻がいたことはすでにわかっていた。

その妻は、去年の暮れくらいに、吉原から落籍《らくせき》した花魁《おいらん》だったみたいだという話が、近所の傘問屋の手代《てだい》から出た。

「ほんとなのかい？」

しめは訊いた。

「高句麗屋の手代の千吉《せんきち》さんてえのが、そう言ってたんですよ。馬関から出て来てわずか半年で、吉原の花魁を落籍するんだから、てえしたもんだと、あっしなんぞは感心してたんですがね。ま、まだ若かったし、女が放っておかなそうな旦那ではありましたがね」

「女房は殺されてないよね？」

「ええ。殺されたのは、旦那だけでしたよ」

「そのあと、店の人たちはどうしたんだい？」

「いろいろじゃないですかね」

「番頭や手代の行先はわかってるのかい？」

「さあ。しばらくして店は畳まれ、皆、いなくなっちまいましたがね。なんせ、馬関から江戸に来て、近所付き合いもほとんどないうちだったから、いなくなるときもろくな挨拶はなかったですよ」

「ふうん。女房はなんて名前だったかわかんないよね？」

「旦那がお染《そめ》って呼んでたのは聞いたことがありますね」

「やっぱり、色っぽい人だったのかい？」

「いやあ、そうでもねえですよ。なんか、ごく、ふつうの女房って感じの人だったけら。ただ、ちょっと声がかすれていたから、あれは酒や煙草でつぶれたのかもしれませんね」

「いろいろありがとよ」

手代に礼を言って、傘問屋を出ると、

「その元花魁の女房の話は訊きたいね」

と、しめは言った。

「ええ。すでに聞いているんでしょうけど、あのとき死んでなかったとなると、訊くべきことが違ってきますからね」

「女房ぐるみでお上を騙したんだからね」

そんな話をしながら、親仁橋《おやじばし》のほうに出て来ると、四人ほどが集まって、なにやら話をしている。

「売らない雪駄ってなんなんだろうね」

との声に、しめは足を止めた。

「そうなのよ。あたしは、この雪駄は履けないって、言われたんだよ。お前さんに売る雪駄じゃねえんだとも。客に向かって、そういうことを言う？」

「ひどいね」

「確かに、きれいな雪駄ばかりだったけどね」

「女物ばかりだったでしょ？」

「いや、男物も少しだけあったんだ。それで、おれが値を訊いたら、言えば怒りたくなりますぜって言われたんだ。だから、訊きもしなかったけどな」

四人のうち男が一人だけいて、その男が言った。

「高いんだ？」

「だろうね」

「きれいで、ばか高い雪駄を、一晩だけの店に並べるって、なんなんだろうね」

四人は、いまは閉まっていて、「貸し〼」の札が貼られている店を見た。間口《まぐち》はわずか一間（約一・八二メートル）ほどの、小さな店である。造りも、表通りにあるわりには安っぽくて、柱の一本はいかにも焼け残りを使ったというものである。

そこでしめが、

「ちょっと、ちょっと、それはずいぶん変な話だね」

と、声をかけた。

「あら、女親分。そうなんですよ」

一人は、しめのことを見知っていたらしく、馴《な》れ馴《な》れしい感じで言った。

「そうなんですよ。なんだか気味悪くなっちまって」

「ここが開いてたわけだ？」

「あたしらが見たのは夜四つ（午後十時）くらいでした」

「それまでは閉まってたんだ？」

「ええ。それで、朝見たときも、こうでした」

「なんだか幽霊みたいだね」

と、しめが言った。

「でも、店にいたのは、幽霊みたいではなかったですよ。若い元気そうな男でした」

一人がそう言うと、

「でも、いま、思うと、雪駄はきれい過ぎて、気味悪かったわよ。こんな店にはまったく似つかわしくなくて」

「じゃあ、雪駄だけがお化けだったのかね」

しめはそう言って笑ったが、四人は笑わない。その雪駄屋には、なにか笑えない雰囲気があったらしい。

「親分も暇があったら、調べてくださいよ。ぜったい変ですよ、あれは」

「あたしゃ、暇じゃないけどね」

しめは少しムッとして言った。

「じゃあ、暇ができたら」

「あいよ」

四人が引き上げてしまうと、

「こういう小さい変な話の裏にとんでもねえ悪事が潜んでいたりするんですよね」

と、雨傘屋が言った。

「あんた、わかったようなことを言うじゃないの。じゃあ、調べてみなよ」

「あっし、一人でですか？」

「そりゃあ、手伝ってやるけどさ」

「お願いします」

雨傘屋は、素人芝居みたいな照れた口調で言った。

「こういうときは、どこから調べるんだい？」

しめは、試すように訊いた。

「まずは、ここの大家でしょう」

貸し〼の札には、問い合わせ先として、作蔵長屋《さくぞうながや》の作蔵までとも書いてある。

隣の荒物屋に訊くと、すぐ近くだったので、訪ねてみると、

「昨夜四つごろに、雪駄屋になっていたんだとよ」

　雨傘屋が言った。

「どういうことです？」

「それを訊きに来たんだよ」

「ははあ、狸かな？」

「狸？」

「ここんとこ、夜中にうろうろしてたんですよ」

「そんな馬鹿な」

「じゃあ、誰かが勝手に使ったんですよ」

と、作蔵も気になって、その店の前にやって来た。

　戸口のところを撫でたりして、

「狸の毛はついてませんね」

「本気で疑ってたのかい」

　しめは笑った。

「とすると、人のしわざですな。まったく、図々しいやつがいたもんですなあ」

　裏をのぞいたりするが、とくに壊されたりはしていないらしい。

「錠前はしてなかったんだ?」

と、雨傘屋が訊いた。

「空き店ですからね」

確かに入ってもなにもない。まさか、一晩だけの店で使われるとは、考えもしなかっただろう。

「勝手に戸を外せば、使えちまうんだ」

「まあね」

「あっしも、うどん屋でもやろうかな」

「ああ、うどん屋はいいですね。こんなところで夜中に雪駄屋をやったって、流行るわけないのに、ご苦労なこってすな」

「元々ここは、何の商売をしてたんだい?」

と、しめが訊いた。

「唐辛子を売ってたんですよ。そこそこ流行ってたんだけど、あるじが七十になったんで、店を仕舞って、いまは柳島《やなぎしま》のほうで悠々自適ですよ」

「またやるかもしれないよ」

「まあね。今晩は四つごろ見に来てみますよ」

しめは注意しておいた。

二

大家の作蔵がもどるのを見送って、

「ぜったい幽霊じゃないとは言えないね」

と、しめは言った。

「そうですか？」

「だって、想像してみなよ。ほかはぜんぶ閉めてるのに、真っ暗いなかで、ここだけぽつんと雪駄屋が開いてるんだよ。わずか一間の、このぼろっちいところが」

しめはそう言って、ぞっとしたように肩をすくめた。

「ははあ。考えると、気味悪いですね」

「だろ」

「でも、若くて元気そうな男だったって」

「若くて元気な男だって、死ぬことはあるだろうよ。喧嘩もするし、事故にも巻き込まれることだってある。あたしは屋根から落ちて死んだ鳶《とび》を調べたことがあるけど、どこにも傷なんかないのに、死んでたよ」

「そりゃあ、まあ、そういうこともあるでしょうね」

「それが幽霊になったら、若くて元気そうだったとしても、なにも不思議はないよ」

「確かに」

「こういうのは、同じ商売の者に訊くといいかもしれないね」

照降町《てりふりちょう》のほうに行くと、雪駄屋があった。こちらは、間口も三間（約五・四六メートル）ほどある立派な店で、下駄も置いている。

「ちょっと訊きたいんだがね」

しめはちらりと十手を見せた。

「なんでしょう？」

「ここらで若い雪駄屋が死んだりしてないかい？」

「なんですか、いきなり？」

「しかも、この世に未練を残すような死に方で」

「このあいだ、うちの隠居が八十九で死んだばかりですが」

「それは違うね。もしかしたら、雪駄屋の幽霊が出たかもしれないんだよ」

「幽霊が……いやあ、思い当たる話はありませんね。ただ、近ごろ妙なお客が来たことがあります」

うがないので開けてみると、お武家さまのお女中らしき人が立っていて、雪駄の片方だけを売ってくれないかと、小さな声で訊くんですよ」

「へえ」

「片方だけは売れないね。両方買って、片方ずつ使えばいいだろうと言うと、ではほかを当たりますといなくなったんで」

「ふうん」

「なんか、薄気味の悪い女でしたよ。そうそう、雨も降っていないのに、髪が濡れてましたっけ」

「髪が濡れてた？」

「あれは、もしかしたら幽霊だったのかもしれませんよ」

「いつのことだい？」

「三日ほど前の晩でしたね」

「ふうん」

しめは気味悪そうに肩をすくめた。

親仁橋の上まで来て、

「片方だけ要るってえのは、どういうことなんですかね？」

雨傘屋はしめに訊いた。

「ケチな女が、片方だけ川に流しちまったりしたら、片方だけ買いに来るかもよ」

下の流れを見ながら、しめは言った。

「なるほど」

「でも、こっちのほうが怪談話っぽいよね」

「ほんとですね。店ごと出る幽霊ってのは、やっぱり変ですよ」

「二つの話は関係あるのかね？」

「ありそうで、なさそうですよね」

二人とも、なにか、じれったい気分である。

一方──。

凶四郎は、死んだはずの小菊について調べを開始している。

まずは、自分がこの目で最後を見届けたはずの、小菊が死んだ浜町河岸の舟宿の跡地に来た。相棒の源次もいっしょである。すでに新しい舟宿が建っていて、いまのあるじは前のあるじとは、なんの関係もないらしい。

あのとき追い詰めていたのは、玉木屋《たまきや》六兵衛《ろくべえ》という悪党だった。ただ、じっさい舟宿に着いたときにはすでに、一階は火が回っていて、梯子《はしご》もかけられないくらいだった。凶四郎は知った顔だった小菊に向かって、

「川に飛べ！」

と、怒鳴った。舟宿のわきが浜町堀になっていて、窓から出て、屋根伝いに少し歩けば、堀の上に出られるはずだった。

ところが、小菊はそれも怖かったのか、叫んでいる凶四郎に向かって「嫌々」をするように首を振ると、部屋の奥へと消えて行ったのだった。

「あんた、ここの土地は前のあるじから買ったのかい？」

凶四郎は、いまのあるじに訊いた。

「いいえ。ここの土地は、そっちの油問屋の〈江戸川屋〉さんのもので、うちは借りてるんですよ。前もそうだったみたいですよ」

「そうか。前からの得意客というのは来てるかい？」

「来てませんね。焼けたと知ってる人は、まず来ませんよ」

「だろうな」

「あたしもここで舟宿なんかやっていいのか、迷ったんですがね。ま、借り賃をずいぶん安くしてくれるというので建てたんですが、なかなか厳しいもんですよ。早

く、世間も忘れてもらいたいんですがね」

あるじは、いまさら話を蒸し返すのはやめてくれというように、凶四郎を恨めしげに見た。

外に出て、浜町堀の流れを見ながら、

「どうも、いまになって思うと、焼けた舟宿は怪しかったよな」

と、凶四郎は源次に言った。

「そうですか？」

「もしかしたら、取り込み詐欺の仲間だったのかもしれねえな」

「ははあ」

「それで、なにかのときには、脱出できるような仕掛けがあったのかもしれねえぜ」

「そこに舟はありましたかい？」

源次は、舟宿のわきを指差した。そこは当然、舟を泊めることができるようになっている。あのときも確か……。

「ああ、泊まってたな。水に潜り、その舟に隠れるようにして、下流のほうから上がられたら、おいらも見逃していたかもしれねえな」

確証のない話である。

三

翌日――。

またも小網町にやってきたしめと雨傘屋だが、

「しめ親分。土井堀《どいぼり》の向こうで騒ぎになってますぜ」

と、小網町二丁目にある番屋の番太郎が教えてくれた。

「騒ぎ？」

「黒い足跡がつづいているみたいなんです」

「泥棒かい？」

「いやあ、大川から上がって来たみたいな足跡なんですよ」

「河童だろうが」

「海坊主かもしれませんよ」

どっちにも会いたくはないが、急いで行ってみた。

ここらは武家地になっていて、ふつうはほとんど人通りはないが、それでも七、八人ほどが集まっている。

「ほんとだ」

地面に点々と足跡がついている。

「片足だけですね」

「ああ、薄気味悪いね」

左足だけの足跡がずっとつづいている。旗本屋敷の門のところで途切れているが、屋敷の方から出て行ったのではなく、入るようについている。なかまでつづいているのかどうかはわからない。

「乾かないのかね」

濡れた足跡なら、もう乾いていてもよさそうである。

「墨で描いたみたいにも見えますね」

しめは、野次馬の一人に、

「ずっとつづいているのかい？」

「大川までね」

大川までだと、二度ほど角を曲がったりして、けっこうな距離がある。それがずっとつづいているのか。

「悪戯《いたずら》かね」

「悪戯にしちゃ度が過ぎてますよね」

野次馬は首をかしげて言った。

に騒ぎになっているでしょうね」

「ここはどなたのお屋敷だい？」

門のほうを顎でしゃくって、しめは訊いた。

「お旗本で、小野江《おのえ》内蔵助《くらのすけ》さまのお屋敷ですよ」

「大身《たいしん》みたいだね」

「そりゃあ五千石もおありですからね」

「へえ」

しばらくして、屋敷から若侍と中間《ちゅうげん》が出てきた。

「集まるでない。去れ」

若侍は野次馬に命じると、中間と二人で、足跡らしきものを鍬で掘って、周囲の土と混ぜ、足跡とはわからないようにした。これを、大川のところまでやるつもりなのか。

そのようすを見ている野次馬に、

「さっさと立ち去れ。これは、当家とはなんの関わりもないものだ」

と、脅すように言った。

さすがに皆、帰り始めたので、しめと雨傘屋もいったんは遠ざかることにした。

「親分。足跡の出だしの方へ回りましょう」

「いいね」

ぐるりと回って、大川の岸に来た。

「あ、ここからですね」

足跡は、まるでいきなり大川から出て来たみたいに始まっている。河童にしては大きいが、海坊主なら小さ過ぎる。どう見ても、女の足である。

「雪駄屋の変なのが出たと思ったら、雪駄の片方だけを欲しがる女に、片足だけの足跡ですよ。どういうんでしょう、親分？　もう、わかんなくなりましたよ」

「あたしだってわかるもんかね」

こんなことにかかずらわっている暇はないはずなのである。今日は、高句麗屋の女房について調べを進めようと思ってきたのだった。

小網町にもどって、高句麗屋の女房のことを訊き回るが、誰も知っている者はいない。

「まったく、高句麗屋の人間はそろって消え失せちまったのかね」

しめは雨傘屋に愚痴った。

「まあ、あるじの藤右衛門は土地の者じゃないし、番頭や手代も馬関から連れて来

「いやあ、女房は吉原の出だったら、馬関には付いて行かないでしょう」

「親元にもどったかね？」

「それもどうですかね？　もし、親の手で吉原に売られていたとしたら、そんな親の元に帰りますかね」

「ほんとだ」

自ら進んで吉原に身を落とす女は、そうはいない。たいがいは貧しい親に売られる口である。

「あっしは、もしかしたらまた吉原にもどってるような気がしますね。意外なんですが、落籍されたあとも、吉原にもどってしまう花魁は、けっこう多いって聞いたことがありますぜ。ほかの世界じゃ暮らしていけないのか、住めば都だったのか、あっしにはわかりませんがね」

「じゃあ、吉原に行ってみる？」

「わかりますかね。高句麗屋の元女房で、名前はお染。吉原には百人くらいいそうな名前ですがね」

「あと、声がかすれてる」

「それもいっぱいいますよ」

「あんた、吉原、詳しいんだね」

しめは咎《とが》める口調で言った。

「いやいや、とんでもねえ」

「じゃあ、吉原詰めの旦那に訊いといてもらうよう、土久呂の旦那か椀田の旦那に頼んでおこうか」

「わかりました」

うなずいてから雨傘屋は、

「吉原、行ってねえなあ」

と、小声でつぶやいた。


昨日、今日と、椀田豪蔵と宮尾玄四郎は、北町《きたまち》奉行所に来ていた。

高句麗屋殺しの一件を担当したのは、そのとき月番に当たっていた北町奉行所だった。下手人は見つかっていないので、いまもいちおう調べは継続している。

担当は、北町奉行所定町回《じょうまちまわ》りの若山忠兵衛《わかやまちゅうべえ》だった。若山は、椀田と役宅も近く、歳も同じくらいのはずである。

「じゃあ、幼なじみか?」

「ところが違ったんだ」

椀田は首を横に振った。

若山は、異色の経歴の男である。若山家には、十八のときに養子に入った。それまでは棒手振《ぼてふ》りの魚屋をしていた。それが突如、同心の家に入ったので、八丁堀ではずいぶん話題になった。

ただ、若山は棒手振りのころから、町の剣術道場に通い、そこで実力はいちばんだと言われていた。当初は、その腕を見込んで養子にしたとのことだったが、じっさいは違っていて、どうも若山家の一人娘が見初《みそ》めて、いろいろと工作をしたあげく、望みがかなったのだという。若山は、いかにも女が好きになりそうな、目が大きく、まつ毛が長い美男だった。

椀田と宮尾は昨日も、北町奉行所に来ていたが、担当の若山が非番だったので、一日中、高句麗屋殺しについての記録を読ませてもらっていたのだ。

だが、今日は出てきている。

同心部屋ではなく、奉行所内の客間らしき部屋を借り、

「聞いたか、高句麗屋の件は？」

と、椀田が訊ねた。

「生きてたんだってな。うちのが夕方、瓦版を買ってきたよ」

「もう、死んだけどな」

「二度目の死ってわけだ。まったく、恥かかせやがって」

若山は腕組みして言った。八丁堀に来た当初は、元魚屋ということでからかう向きもあったが、若山は卑屈になったりせずやって来た。その、向こうっ気の強さは、表情に現われている。

「こっちも似たような恥をかいてるよ」

「らしいな。日本橋芸者の小菊のことも載ってたよ」

「高句麗屋の死体に怪しいところはなかったのか？」

「いや、じつはあったんだ。なんせ、顔を×の字に斬られていたからな」

「×の字に？」

「片方だけならわかるよな。真っ向から斜めに斬りつければ、顔も斜めに斬り裂かれるだろう。だが、そんな斬られかたをしたら、とても立ってはいられない。身をよじったり、後ろにひっくり返ったりする」

「だろうな」

やはり、若山はちゃんと剣を学んでいる。

「つづけざまに逆から斬り下ろせるはずはねえのに、逆側からも斬りつけていた」

結局、よほど強い恨みがあったのだろうということになったのだが、おいらはいまも不思議な気がするよ」

「だが、それじゃあ顔がわからなかっただろう？」

「ああ、わからなかった。だが、あのときは顔をわからなくするためなんて、思いもしなかった。それに、肩に悪戯で入れたという小さなヘビの彫り物があり、それで旦那に間違いないということになったのでな」

「そう言ったのは？」

「番頭の勘左衛門《かんざえもん》というやつだった」

「行方はわかるのかい？」

「じつは昨日、瓦版を読んでから、慌てて小網町に行き、訊いて回ったんだ。だが、わからねえ。店は閉じて、数ヶ月前にはいた番頭も、三人いた手代も、皆、いなくなっちまってた」

「そうらしいな」

しめも、近所の噂ではそういうことになっていると言っていた。

「だが、おいらはなんとなく、まだ江戸にいるような気がするな」

と、若山は言った。

「ほう」

「とにかく、この件は北と南で協力し合うことにしよう」

「もちろんだ」

椀田と宮尾はうなずいた。奉行同士でも、そういうことで話はついているらしい。

四

翌朝――。

根岸の私邸での朝食の席に、いつもの面々がそろった。ただし、源次だけは朝方、浅草の家に帰ったのでいない。

土久呂凶四郎と、椀田豪蔵、そしてしめから、いままでわかったことの報告があった。

「なるほどな。結局、高句麗屋藤右衛門も小菊も、今年の春先に死んだという確証はないわけだな」

箸を持ったままの根岸の言葉に、凶四郎と椀田はうなずいた。

「だが、今度の舟の心中で死んだ二人が、どちらも本物の高句麗屋と小菊だという確証はあるのか?」

る。

「両方とは限らぬ。どちらか一人が贋者《にせもの》というのはどうだ?」

「それは、考えてもみませんでした」

二人は顔を見合わせ、不安そうな顔をした。

「はっはっは。そんなに焦るな。いろんな場合を考えてみただけだ。今度のは、どちらも間近で、傷などもない顔を見ているのだ。間違いはあるまい」

「はあ」

二人はホッとした顔をした。

「だが、高句麗屋と小菊のつながりはわからぬのだな?」

「はい。日本橋の料亭でも訊いているのですが、小菊というのは、同じ芸者仲間にもあまり打明《うちあ》け話《ばなし》などはしなかったみたいでして」

と、凶四郎が言った。

「なるほど。ということは、心中かどうかもはっきりせぬわけだ」

「そうなりますね」

凶四郎が渋い顔でうなずくと、

「では、お奉行さまは二人は殺されたのだと?」

しめが訊いた。

「それはわからぬ。だが、まだまだわからぬことだらけだな」

根岸はそう言って、やっと朝飯を食べ始めた。

椀田だけはもう食べて来ていたが、ほかの者も朝食のお相伴に預かっている。

「それはそうと、お奉行さま」

しめが食べながら言った。無作法だの、行儀が悪いだの、そういうことを根岸は言わない。

「なんだい、しめさん？」

「じつはですね……」

と、小網町であった三件のできごとを語った。

「面白いな」

根岸は、聞き終えてすぐに言った。

「面白いですか？」

「うむ。小野江内蔵助の屋敷にな」

「ご存じなので？」

「名前はな。それで、だいたいわかったよ」

「え？」

　皆が根岸の顔を見た。

「なにが起きているか、おわかりになったのですか？」

　宮尾が呆れたように訊いた。

「だいたいのことはな」

「へえ。悪戯ですか？」

　しめが訊いた。

「いや、悪戯ではないな。わかりにくいのは、最初の雪駄屋の一件であろう？」

「そうなんですよ。幽霊じゃないなら、いったいなんのために、夜中に雪駄屋なんかやらなくちゃいけなかったのか、さっぱりわかりませんよ」

「それはもちろん、片方の雪駄を買いに来た件とも、足跡の件とも関わりがある。その二つから、ずいぶんと見えてくるものがあろう」

「え？」

　しめは、急に風でろうそくの火が消えたような顔をした。なにも見えていないのだろう。

「おそらく、こういうことが起きていたのではないかな。深夜にお女中が数人、駕籠の付き添いで夜中にお屋敷を出たのだろう。お女中が何人も付き添っていたなら、駕籠には当主ではなく、奥方でも乗っていたのかもしれぬな。それと、急用というより、前もってわかっていた用事だったろうがな」

「はあ」

「ところが、あるところまで来たら、突然、お女中たちの雪駄の鼻緒がいっせいにぷつぷつと切れたのさ」

「まあ、怖い」

「薄気味悪いことだわな。下駄の鼻緒が切れただけでも、縁起が悪いなどと言うわな。それが何人もの雪駄の鼻緒がいっせいに切れたなら、縁起が悪いどころではない。さぞや、駕籠のなかの御仁も恐怖したことだろう。さて、お女中たちも、そのまま裸足で行くわけにはいかぬ。見ると、ちょうどそこに雪駄屋があるではないか。それで、そこで雪駄を買い求め、先を急いだと、そういうのだろうな」

「ずいぶん都合よく雪駄屋があったことになりますね」

しめは、なにかしっくりきていない顔である。

「話は、それだけでは終わらぬはずだぞ」

「そうなので？」

「それで向こうに着いてみると、その雪駄が血まみれだったり、あるいは水にびっしょり濡れていたりしたのだろうな」

「まあ、怖っ」

しめは肩をすくめた。

「それは、当然、女中や雪駄屋もいっしょになった狂言ということですよね？」

と、凶四郎が訊いた。

「そうだろうが、それをやらせた裏には、よほど深い訳があるのだろう。女中たちの復讐みたいなものかな。じつは、小野江というのは、酒癖が悪いので昔から評判の男でな。ずっと無役でいるのもそのせいだと言われている。それもからむ話のような気がするな」

「ははあ」

「相手は大身の旗本だ。ちと、やりにくかろうが、このままあの界隈でいろいろ騒ぎが起きるのもまずかろう。しかも、そうした狂言をつづけていると、逆にしっぺ返しも起きかねないぞ」

「まあ」

「だから、しめさん。いま言ったことを頭において、もう少し、調べを進めてみてくれぬか？」

「わかりました。それにしても、雪駄屋の話には驚きました。あのあたりをご覧になってもいないのに、そこまで推察なさるなんて」

「なあに、ぜんぜん違っているかもしれぬぞ」

根岸はそう言って、朝餉を平らげると、早々と席を立ち、表の奉行所に向かった。

五

南町奉行所から小網町のほうへ向かいながら、

「大身のお旗本の屋敷内の話なんて、どうやって探るのです？」

雨傘屋はしめに訊いた。

「ふん。お屋敷なんて、広い敷地を高い塀で囲んでいたって、すべてをまかなえるわけじゃないよ。八百屋から魚屋、呉服屋から口入屋まで出入りするんだ。いくらだって、なかの話は洩れてくるものさ」

「なるほど」

「まずは門を見張るよ」

「わかりました」

夜の雪駄屋騒ぎのときは、雨傘屋にまかせるつもりだったしめも、根岸から言われたら、俄然、本腰を入れずにはいられない。見張るとなれば、茣蓙《ござ》にくるまって寝る破目になっても、見張りつづける覚悟である。

とはいえ、ほどなくして[illegible]。

籠に野菜をはみ出すくらいに背負った男が
りの八百屋だろう。

「おとっつぁん、悪いね」

しめはすかさず近づいた。

「なんだい？」

「いま、小野江さまのところから出てきたよね？」

「ああ」

男は二人の風態を見て、何となく町方の筋と察したような顔をした。

「ずいぶん野菜を届けたみたいだけど、なかで野菜はつくっていないのかい？」

「ここのお殿さまは、庭はきれいにしときたい性分で、肥臭くなる畑なんかつくらせないんだとさ」

「近ごろ、お屋敷のなかで、なにか変わったことがあったとは聞いてないかい？」

「変わったこと？」

「そう。幽霊が出たとかさ」

「そりゃあ、お旗本の屋敷だもの、幽霊の五人や十人は出るだろうよ。なんせ、お侍ってのは、人を斬るのが商売みたいなもんだからね。ましてやお旗本だ。ご先祖さまはどれだけ人を殺してきたか」

八百屋はずいぶんうがったことを言う。

「最近も出たってかい？」

「それは知らねえよ。おらは余計なことは言わねえよ。斬られたくねえもんでね」

八百屋は、口を押さえながら逃げてしまった。

次に、なかから女中が一人、出て来た。

「つけるよ」

「へい」

女中は親仁橋の近くのろうそく屋に入って、けっこうな量のろうそくを買うと、すぐにもどって行った。ろうそくをあれだけ買えば、かなりの額になったはずである。

しめは、ろうそく屋ののれんを分け、

「いまのは、小野江さまのところのお女中だよね？」

と、訊いた。

「ああ、そうだよ」

「ずいぶんいっぱい買っていったね」

「なんでも、屋敷内をもっと明るくしたいんだとさ」

「明るくしたい？　お女中たちがいっせいに書見でもするのかいね。

――なんか出るのかもしれないね」

「なんかって？」

「いや、あたしは余計なことは言わないよ」

ろうそく屋は慌てて口をつぐんだ。なにせ、お得意さまなのである。余計なことは言いたくないのだ。

「娘さんでもなかに入れてるのかい？」

「あたしんとこは入れてないよ。真向かいの菓子屋からは、娘がお女中で入ってるがね」

真向かいの菓子屋に行った。

ここでようやく十手を見せ、

「小野江さまのところに娘さんを入れてるんだって？」

と、しめは訊いた。

「はあ、行儀見習いのつもりで入れてますが」

旗本屋敷で女中をすれば、お茶や活け花、礼儀作法まで身につけてもらえるので、立派な花嫁修業になる。そのかわり、入るほうはお殿さまや奥方さまを楽しませるため、三味線などの芸事を習っておいたりする。

「いつ入れたんだい？」

「去年だけど、もう出たいから縁談を見つけてくれって言われてるんだよ。まだ、修業が足りないだろうと思うんだがね」

「でも、小野江さまのところは、なんか、お女中がよく辞めるって聞いたよ」

これは嘘である。しめは、鎌をかけてみたのだ。

「そうなんですか？　やっぱりね」

「やっぱり？」

「いや。向こうの紙問屋でも娘を小野江さまのところに入れていて、最近、暇をもらって出て来たんだけど、気鬱みたいになって、家に閉じ籠もってるらしいんだよ。よほど、嫌な家なのかね」

菓子屋のあるじは不安そうに首をかしげた。

「お殿さまが面倒臭いのかね？」

「そうは見えないがね。陽気な酒飲みだよ」

「そうなの？」

「夜中に、よく、鼻唄混じりで歩いているよ」

「へえ」

それは意外な話である。

紙問屋の前に来て
「気鬱で閉じ籠もっているようだと、押しかけても話はしないかもしれないね」

しめは言った。

「なんとか引っ張り出したいものですがね。湯屋に行くときを狙いますか？」

「いや、ここは裏に、自前の内風呂があるね」

しめは、店の裏手をのぞき込むようにして言った。

「どうしましょう？」

「大方、親も心配してるんだろうから、そっちから攻めたほうがいいかもね」

しめはそう言って、紙問屋ののれんを分けると、帳場にいたあるじのところへ行き、

「あたしは、南町奉行の根岸肥前守さまの直々の命令で動いてる者なんだがね」

と、十手を見せた。

「女親分でしたか」

「じつは、根岸さまが、近ごろ悪徳旗本の屋敷で働いて、苦しむ町娘が増えてるというので心配なさっていてね」

「根岸さまが……」

あるじに安堵の表情が現われた。

「根岸さまなら、旗本だって怖くないよ」

と、これはハッタリというものである。

「じつは、うちのおたえもそうなんですよ」

「なんとか話を聞きたいので、外に出してもらいたいんだが」

「出ませんよ」

「近ごろ、明星稲荷が気鬱に効くらしい、あすこを拝むと気が晴れるらしいから、お前も行ってみなと勧めてもらえるかい」

明星稲荷はすぐ近くにある。五十坪ほどの境内だが、樹木が繁って、落ち着いた佇まいになっている。話を聞くにもいい雰囲気である。

「なるほど。あそこなら、子どものときから遊んでいたところですから、うちのも出るかもしれませんね」

しばらくして、なかから娘が出て来た。顔色は悪いが、痩せこけているというほどではない。

神社に来ると、熱心に手を合わせた。自分でも憂鬱な気分から解放されたいのだろう。

「まったく、お屋敷勤めは大変だよね」

と、しめは声をかけた。

「え？」

「おたえちゃんだろ？　あたしは南町奉行の根岸肥前守さまから十手を預かっている、江戸でただ一人の女岡っ引きなんだがね」

と、話を盛ったうえで、

「どうも、小野江さまのお屋敷で、お女中たちが苦しんでいるという噂を聞きつけてさ。内実を探るように言われているんだよ。雪駄屋に片方だけ雪駄を買いに来たり、大川から片足だけの足跡をつけたり、一晩だけの雪駄屋を開いたり、大変だろう。根岸さまは、復讐みたいなものだろうとおっしゃっているよ。でも、そういうことをつづけていると、しっぺ返しがあるかもしれないと、ご心配もなすっているんだよ」

「まあ」

おたえは、だれにも言えずに苦しんでいたのか、いっきに涙を流し、ホッとしたような顔になった。

「なにがあったんだい？」

「女中におようさんというきれいな人がいたんです。お殿さまが、道で見初めて、ほとんど無理やり屋敷に入れたんですが」

「そんなこと、ほんとにやれるのかね？」

じっさい、そういうことをしようものなら、町人たちのあいだで大騒ぎになるし、お目付筋も放っておかないと聞いたことがある。巷で言われるほど、そんなことは簡単ではないはずなのだ。

「おようさんは、松島町の職人の娘で、おとっつぁんがあまり稼ぎのよくない人で、金に釣られたって話です」

「なるほど」

「でも、おようさんにはもう十年も親しくしている相手がいて、ときどき屋敷を抜け出しては会ったりしていたんです。ところが、お殿さまはその現場を見てしまい、怒るというか、ひどくヤキモチを妬いて」

「ああ、聞きたくない話だね」

「ええ。酔った勢いもあって、会いに行けないように、片方の足首を断り落としてしまったんです」

「何だって！　むごいことをするねえ……でも、お殿さまは陽気な酒だとは聞いたがね」

「外ではそうらしいですね。でも、屋敷にもどると豹変するんです」

「ははあ。内弁慶の性分なんだね」

「ほんとだよ」

「おようちゃんは悲観し、片足を引きずって大川まで行き、身を投げたんです」

おたえはそう言って、しばらく激しくむせび泣いた。

「奥方は知らないのかい？」

「どうなんでしょう。お大名の家からお嫁に来た方で、もともと、女中のことなんか、なんとも思っていない人ですからね。知っていても、知らないふりくらいはなさるお方なんです」

「一晩だけの雪駄屋は、奥方が乗った駕籠のためだったんじゃないのかい？」

「どうして、そこまで？」

「お女中たちの雪駄がいっせいにぷつりと切れたのかい？　それで、ちょうど開いていた雪駄屋で買った雪駄には、血みどろとか、水でびっしょり濡れているとか、細工がしてあったんじゃないのかい？」

「ええ。血がべっとりついているようにしたんです」

「雪駄屋になった若い男は？」

「なかの女中の弟です。ほんとに小伝馬町《こでんまちょう》で履物屋をやっているんです」

「なるほどね。それじゃあ、別の雪駄屋で片方だけ雪駄を買おうとしたり、大川から片足だけの足跡をつけたりしたのも、やはり復讐のためなんだ？」

「ええ。このままじゃ悔しいって、女中たち皆で考えたんです。でも、あたしはやっているうち怖くなって、皆に迷惑をかけそうなので、暇をもらったんですが、やっぱり残っている皆のことが心配で……」

「大丈夫。根岸さまがなんとかしてくださるよ」

しめがそう言うと、おたえはもう一度、しめにすがりつくようにして泣きじゃくった。

六

しめが根岸に、わかったことを報告したのは、次の日の朝である。雨傘屋もいっしょで、椀田と宮尾はいないが、土久呂凶四郎が同席していた。

「やはり、そういうことか」

根岸は大きくうなずいた。

「夜中の雪駄屋もお奉行さまの推察どおりでした。雪駄には、血がべったりついていたように細工をしたそうです」

「うむ。そっちだったか」

しめに、下がり気味の目を吊り上げて言った。

「助けてやろう」

「お女中たちを？」

「もちろんだ。このまま素人狂言をつづけると、第二の犠牲者だって出かねないぞ。足跡程度のことじゃ、手口も知れるし、誰のしわざだってことになるだろうからな」

「ほんとですね。でも、どうやって？」

「こっちも狂言を仕組もうではないか。だが、女中たちでは思いつかぬような派手なことをしたいのう。小野江の胆《きも》をつぶして、罪を自白させてやるのだ」

根岸はニヤリとして言った。こういうときは、いかにも昔は悪たれだったという顔になる。

「まあ」

「どうせ夜は飲みに出るはずだ。そこを狙って、腰が抜けるほど脅かしてやろうではないか。脅かす方法は、雨傘屋、考えてみてくれぬか？」

「喜んで」

雨傘屋はにんまりして言った。

「大仕掛けでもいいぞ。歌舞伎顔負けのな」

「となると、だいぶ費用もかかりますが？」

「大丈夫だ。五千石の旗本の家がつぶれたら、お上も大助かりだ。その旨を言えば、費用なんかいくら使っても構わぬさ」

根岸は心強いことを言った。

「つぶせますか？」

凶四郎が訊いた。

「女中に刀を振り回すような者に旗本の資格などないわ。といって、町方にそこまでの権限はない。そうだ。まだ若いが、機転の利く面白い男が今度、目付になった。あの男に協力してもらおう」

「それは心強いですね」

「わしらの狂言には、ぜひともおように蘇ってもらいたいわな。うちの女中で、芝居っけのあるのがいたかな？　かつて雪乃というのがいて、なかなかの役者だったが、いまじゃ栗田《くりた》次郎左衛門《じろうざえもん》の女房で双子の母だ。まさか、あれを引っ張り出すわけにはいかんしな」

「それでしたら、お奉行、ぴったりの女が……」

と、凶四郎が照れたように言った。

ん、狂言の筋書きをつくる雨傘屋もいっしょである。屋敷から出て来たのは、おきんとおかつという、いかにも気丈そうな女中二人だった。ほかにも女中たちはいるが、全員連れ出すわけにはいかないし、この二人が狂言の中心人物だったという。

事情をざっと説明し、

「というわけで、根岸さまが力を貸してくださるんだ。協力してくれるよね？」

しめが改めて訊いた。

「もちろんです。こんなにありがたいことはありません。おようちゃんの仇を討ってください」

二人は泣きながら喜んだ。

「それで、小野江さまが夜、出かけるときのことを訊きたいんだよ」

「わかりました」

「お供の者はいますね？」

雨傘屋が、筆と紙を持ったまま訊いた。

「ええ、いつも二人の若い侍と一人の中間がお供として付き添っています」

「そのなかに、あんたたちの味方をしてくれそうな人はいませんかい？」

「中間の五助さんは、あたしたちの味方ですよ。お殿さまのことも、はっきり口には出しませんが、嫌っているのは見え見えですから」

「いいねえ。では、その五助を引き込みましょう。それと、二人の侍は、剣術の腕はどうなんです？」

「田島という人は、腕自慢だそうです。どれくらい強いのかはわかりませんが。もう一人の渡瀬という人はたぶん駄目だと思いますよ。やはり女中をしているおかどちゃんという娘をからかって、体当たりされたんですが、吹っ飛んだみたいなりましたから」

「そうなんだ」

近ごろの武士は弱くなったと、町人たちのあいだではよく言われるのだが、護衛の武士がそのざまでは、どうしようもない。

「夜、出かけるところは決まってますかい？」

雨傘屋はさらに訊いた。

「ここんとこ、いつも同じみたいです」

「どこだい？」

「行徳河岸《ぎょうとくがし》のところに、お気に入りの料亭があって、というか、そこの女将さんに執着していて、ほとんど一日置きくらいに通っています」

「もどりは遅いのですかい？」

「だいたい四つは過ぎてますよ」

「じゃあ、いまの話を頭に入れて、計画を練ります」

と、しめに言った。

「うん、頼むよ」

「その前に、仕掛ける場所も見ておきましょう」

「そうだね」

しめと雨傘屋は、小野江屋敷の前に行き、周囲を見ながら歩き始めた。行徳河岸から屋敷の門まで、二度ほど行ったり来たりする。

「やれそうかい？」

しめが訊いた。

「なんとしてもやります」

「そうだ、そうだ」

「行徳河岸からだと三度、角を曲がりますね」

「そうだね」

「でも、二つ目の角に、播磨山崎藩《はりまやまさきはん》が出している辻番があります。これがちょっと邪魔というか、厄介ですね」

「どうしよう？」

「これは根岸さまにお願いしたほうがいいでしょう」

「うん。あたしが頼めば、根岸さまはなんだってやってくれるよ」

　しめは、鼻の穴をふくらませて言った。


　一方、凶四郎は、狂言の主役ともいうべきおようの役をよし乃に頼んでいた。芝居を観るのはもちろん、おそらくやるのだって好きなはずである。しかも川柳の師匠をしているくらいだから、機転も利く。こんなにうってつけの人はいない。そう見込んだのだ。

　案の定、

「狂言を」

と言うと、目が輝き出し、さっそく鏡を取ってきて、化粧を始めた。

「顔も大事だが、足がきれいだといいんだがね」

　それは雨傘屋からも言われている。

「あら、あたしの足首の締まり具合は、たいしたものなのよ」

「どれ？」

　目元や指先はともかく、足首を気にして見たことはなかった。

「それで、役どころなんだけどな」

と、できあがりつつある雨傘屋の筋書きを説明した。

「なるほど。それだと、夜でも目立つ着物が欲しいわね」

「着物？」

「そう。ずっと着物なんか新調してなかったけど、思い切ってつくろうかしら」

「しょうがねえな。それはおいらが出すよ」

「ほんとに？」

「おいらだって、お奉行に推薦した手前、とびきりのいい女になってもらいたいからね」

「あら、嬉しいっ」

よし乃は凶四郎の首に飛びついた。

七

すべての支度《したく》が整ったのだが、雨の日が二日つづいた。雨だと、せっかくの雨傘屋の仕掛けが使えないのである。

もっとも、雨の日は小野江内蔵助も出るのが億劫らしく、屋敷に閉じ籠もっていた。

そして、今宵。

きれいに晴れ渡り、東の空に十三夜の月が煌々《こうこう》。

いよいよ雨傘屋が書いた狂言が始まるのだ。

根岸も楽しみにしていて、そのときはぜひとも見に行くと言っていたのだが、なんと松平定信《まつだいらさだのぶ》から急にお呼びがかかり、泣く泣く見物は諦めざるを得なくなった。

小野江が箱崎の料亭を出たときは、すでに四つを過ぎていた。充分にきこしめして、鼻唄どころか、高歌放吟《こうかほうぎん》といってもいい。

〽猪牙《ちょき》の蒲団も夜露に濡れて
あとは物憂き一人寝するも
ここが苦界《くがい》の真中かいな

なかなかいい喉である。すれ違った人がいれば、陽気な酔っ払いと思うだろうが、これが屋敷に入ると豹変する。根岸が目付から聞いたところでは、小野江は以前にも女中をもう一人と、出入りの商人を一人、手討ちにしているらしい。

と、五、六間（約九・一メートル〜一〇・九メートル）ほど前を妙齢の女が一人、歩いているのに気づいた。

後ろ姿がいかにもすっきりしている。萩が描き込まれた着物は、まさしくこの晩のためにあつらえたかのようである。

「後ろ姿は得も言われぬな」

小野江は供の者たちに言った。いつものように、若侍が二人に中間の五助が付き添っている。

「じつに」

「あの足首の細さを見ろ。たまらんぞ」

「確かに」

「なんだか、こっちを気にかけているような歩き方だとは思わぬか。腰の振り方を見てみろ。見てくれと言わんばかりだろうが」

「腰の振りですか」

「なんとかご面相を拝みたいのう」

「ふっふっふ」

若侍は、追従《ついしょう》のように笑うだけである。

「あの横道を曲がったら、わしは声をかけてみるぞ」

と、小野江は言った。

すると、女は横道に入ったではないか。小野江たちも進む道である。

「これ、そこなおなご。夜道は危ないぞ。送ってやろうか」

女は立ち止まり、こっちを見た。

よし乃である。

「ほう。いい女ではないか」

小野江は驚いて言った。

「お上手ですこと」

よし乃はしなを作ると、それだけ言って、また歩き出した。

「あれは落ちるぞ、おい」

小野江の声が弾んだ。

二つ目の角に来た。左手に辻番があり、大柄の武士と、俊敏そうな武士の二人が、外に出ていた。椀田と宮尾である。辻番の武士たちには、根岸が話をつけていた。

「ご苦労」

酔った小野江は、よし乃を追っているから、急いで通り過ぎる。

声をかけたかと思うと、同時に手刀をふるった。まずは喉に。声を出せなくしておいて、首筋に。止めとばかりにみぞおちに。これで二人は声もなく崩れ落ちた。

すると、辻番から現われた凶四郎と、一仕事終えた宮尾とが、小野江の後を追った。まるで若侍がなにごともなく歩いているようである。中間の五助はすべて見ていたが、なに食わぬ顔をしている。

三つ目の角をよし乃が曲がった。

「これ、おなご、待て待て」

小野江が足を速めたそのとき、

「きゃあ」

角を曲がったよし乃が悲鳴を上げた。

「どういたした！」

小野江は一瞬、臆して立ち止まったが、両脇から若侍が駆け出すのを見て、そのあとにつづいた。

「これは！」

よし乃の姿がない。

そのかわり、道になんと女の足が落ちているではないか。足首から血が噴き出していて、しかも親指はまだぴくぴくと動いているのだ。

「な、なんと」

小野江は息を飲んで、その足を見つめた。

するといきなり、後ろからがばりと女がしがみついてきて、

「よくもあたしの片足を」

と、恨みがましく囁きかけた。

「うわっ、うわっ」

小野江が遮二無二、後ろのよし乃を払いのけ、刀に手をかけようとした。そこへすばやく手を伸ばし、小野江の右手をがっちり摑んだのは、土久呂凶四郎だった。

「なにをなさる！」

凶四郎は叱責した。

「こやつ、化け物だぞ」

「かよわい女に向かって、刀を抜こうとは不届きなふるまい」

「なにが不届きだ」

「南町奉行所同心、土久呂凶四郎だ。神妙にお縄につけ」

「馬鹿者。わしは直参旗本だ。町方風情は引っ込んでおれ」

もはや、小野江は訳がわからない。

すると、中間の五助が、

「お殿さま。そんなことより、あれを！」

天を指差して絶叫した。

思わず上を見た小野江は、

「ぐえっ」

雲のごとく巨大な、真っ白い片方の足が、真上からいまにも小野江を押しつぶそうとしているではないか。

「なんだ、あれは！　なんだ、あれは！」

「なんでしょう。雲のようではありますが、お殿さまぁ」

五助もなかなかいい芝居をする。

「田島はどこだ？　渡瀬はどこだ？」

若侍の名を呼ぶが、二人はいないのである。

小野江から見たら、いるのは町方の同心に、見知らぬ武士。それと、腰を抜かした五助だけで、女はいつの間にか消えている。

「どうなすった？　なにを逆上なさっておる？」

そこへさらに見知らぬ武士が現われた。

「あの足が、あの足が」

小野江は天を指差すばかりである。

「足が？　どこに？」

武士は訊き返した。

「そなた、あの足が見えぬのか？」

「雲は見えますが、足など空にあるわけはござるまい」

武士はそう言ったが、じっさい、あるのである。雨傘屋が三日かけて、細い竹ひごと白い紙でつくった、巨大ではあるが、重さはほとんどない片方の足が雲のように浮かんでいるのである。むろん、いくら軽くても本当に浮かぶわけはなく、傍らのケヤキの木の上のほうから、細い紐で吊るされているのは、闇にまぎれて見えないだけである。ケヤキの上には、しめと雨傘屋が隠れていた。

「足が、足が」

小野江の口はあんぐりと開き、いまにも顎が外れそうになっている。

「足があるなら手はありますか？」

武士は面白がっているように訊いた。

「しっかりなされい、小野江どの」

武士は小野江の肩を摑んで揺さぶった。

「え？」

「わしは目付の愛坂桃太郎《あいさかももたろう》と申す者」

武士は名乗った。

根岸が、「まだ若いが、機転が利いて面白い男」と言っていた人物である。引き締まった体軀と、きらきら光る目をしていて、まだ二十歳をいくつか出たくらいであろう、どこか悪童然としているようでもある。

「小野江どのは、どうやらなにかに祟《たた》られておられるようですな？」

愛坂はからかうような口調で言った。

「祟られて？」

小野江は上を見た。足はまだ、空に浮いている。

「でなければ、直参旗本がそのように周章狼狽するわけがござるまい。さっきは、通りすがりのおなごに刀を振るおうとなすっていたし、みっともない一連のふるまいは、この目ではっきり見ましたぞ」

「あれは化け物で……」

「なにゆえに祟られているのですかな？」

「わ、わしはなにも……」

「そういえば、目付筋にもいろいろと、小野江さまのよからぬ噂が入ってきていましてな、いくらご家来や使用人とはいえ、無体なふるまいは許されることではござらぬぞ。一度、詳しくお話をお聞きせねばと思っておりました」

愛坂の顔から、からかいの気配は消え、真顔になっている。

「話を……」

「いまからお屋敷に伺って、問い質《ただ》させてもらいましょう」

屋敷内では、お女中たちが、手ぐすね引いて待っているのだ。

「ううっ」

小野江内蔵助は、すっかり酔いも冷め、腰を抜かすように崩れ落ちていった。

第二章　亀が殺される

一

土井堀のほとりで、雨傘屋が書いた派手な狂言がおこなわれているころ——。

根岸肥前守は、築地《つきじ》にある松平定信の別邸〈浴恩園《よくおんえん》〉にいた。座敷からも、二つの広大な潮入り池が見えていて、水明かりにうっすら輝いている。これも定信好みの、墨絵のような、幽玄な景色である。

根岸より先に来ていたのは、根岸と同年代とおぼしき、身なりのいい町人だった。

「わしの骨董仲間である曽根崎屋《そねざきや》だ」

と、定信が紹介した。

「曽根崎屋信右衛門《しんえもん》でございます。楽翁《らくおう》さまには、すっかりご贔屓《ひいき》にしていただいております。もちろん、本業のほうではなく、茶会や骨董の会のほうですが」

曽根崎屋の挨拶に、

「大坂で札差《ふださし》をしておってな、十年ほど前に、江戸へ本店を移したのさ。大名貸しが多いので、江戸のほうが都合がいいのだろうな。大坂のほうは、これまた商売のうまい倅《せがれ》がやっているそうだ」

と、定信は補足した。

「そうでございますか」とうなずくと、曽根崎屋のほうを向き、「御前《ごぜん》の相手は大変であろう」と根岸はからかうように言った。

「いえいえ、該博《がいはく》な知識にいつも感嘆しております」

「確かに知識は該博であらせられるがな……」

なにせわがままなのである。今日のように、自分の都合で呼びつけたり、訪ねて来たりすることはしょっちゅうである。当然、曽根崎屋もその被害に遭っているはずで、かすかに苦笑した。

定信のほうは、すましている。

この貴人には皮肉というものがあまり通じない。これほど頭の切れる人なのに、どうしてだろうと不思議に感じるほどである。

「それはそうと、根岸。人にはさまざまな心配ごとがある」

と、定信は言った。いきなり不思議な方向から話を切り出すのは、いつものこと

である

「ごもっともです」

「そなたは、人殺しだの、押し込みだのといった派手な悪事を扱うことが多いから、ふつうの民が抱えている心配ごとなど、くだらぬものに思えるかもしれぬ」

「いいえ、そのようなことは」

「ないか？」

「もちろんです」

「悪事として見たら、なんの罰を科すこともできぬようなものはどうだ？」

「それでもされる側にとっては、ひどく心が傷ついたりすることもありますし、些《さ》細《さい》な悪事の陰にとんでもない悪事が隠れているようなこともございます」

「同感だ」

と、うなずき、

「じつは曽根崎屋にも悩みがある」

「それは？」

「亀が狙われている」

「甕《かめ》？」

「水甕の甕ではないぞ。甲羅があるほうの亀だ」

「それは、ふつうの亀なので？」

「だな？」

そこで定信は、曽根崎屋を見た。

「ちと、大きくなっておりますが、それほど変わった種類とは思われませぬ。おそらく南方の島あたりには、いくらでもいるはずです」

「狙われるとは、どういうことだ？」

根岸は曽根崎屋に訊いた。

「最初は十日ほど前でしたが、早朝、庭を歩いていた亀が、矢を射かけられました。一本ではなく、三本もです。どれも甲羅に当たりまして、幸い突き刺さることはなかったのですが、甲羅に傷が残りました」

「亀に矢を射かけるかな」

根岸は首をかしげた。硬い甲羅は、鎧《よろい》を着ているようなものだろう。

「ですが、一本は首の近くに当たって、弾かれたらしく、傷が長く伸びていました。あと少しずれていたら、首を貫いていたでしょう」

「なるほど」

「その数日後には、毒団子らしきものが撒《ま》かれました。これは臭いで察知したのか、亀は幸いロにしませんでした」

「ほう」

その亀は、なかなか賢いらしい。

「さらに、三日前の晩は、忍び込んだ男が、亀の首を掻《か》き切ろうとしたところを、女中に見つかって騒がれ、退散しました。女中が気づくのがもう少し遅かったら、亀はいまごろ、あの世に行ってしまったでしょう」

「女中はすぐ近くで見たのか？」

「ええ。だが、顔は覆面をしていてわからなかったと」

「よく女中は無事だったな」

口をふさがれ、喉を掻き切られていても不思議はない。

「まったくです。ですが、その女中は恐怖のあまり、暇を申し出ています」

「ふうむ」

「だが、なにゆえに亀を殺そうとしているのか。その訳がわかりません」

「それは、亀への恨みというよりも……」

根岸はそこで言葉を止めた。言わずともわかるはずである。

「あるじへの恨みと思うのが当然でしょうな」

と、曽根崎屋もうなずいた。

「だが、根岸、曽根崎屋に限っては、誰かに恨みをもたれるとは考えられぬのよ」

「ですが御前……」

人というのは、どこで恨まれるかわからないのである。勘違いで恨まれ、殺されてしまう人さえいる。ましてや、曽根崎屋は、札差という人の恨みを買いやすい商売をしているのだ。

「わたしもそう思います」

察したように曽根崎屋も言った。

「とすれば、亀の次は、曽根崎屋の命になるかもしれぬわけだ。そうであろう、根岸」

「うーむ」

ぜったいにないとは言えないが、女中に傷をつけなかったし、ほかの生きものが死ぬようなこともしていない。命を狙っているのとは、ちょっと違う気がする。

根岸が考え込むと、

「これが、ふつうの脅しとか、わたし自身が狙われたりしたのであれば、用心棒の数を増やせば済むことですが、とりあえず狙われているのは亀だけでして、どうしたらいいものか悩みまして。そんなとき、楽翁さまがしばしば根岸さまの自慢をなさっているのを思い出しまして、ぜひ、ご相談に乗っていただけないものかと」

と、曽根崎屋は恐縮しながら言った。

「わしも、根岸は忙しいときに申したのだがな」

「ぜひにと、楽翁さまにお願いした次第でして。じつは、根岸さまの『耳袋《みみぶくろ》』は、江戸に出て参ったときから愛読させていただいておりまして、このような不思議なことを解決してくださるのは、根岸さま以外にはおられないだろうと」

そう言って、曽根崎屋は打ちひしがれたように頭を下げた。

『耳袋』は、根岸が佐渡奉行だったころから、巷の奇妙なできごとや、雑学めいたものを、耳にするとすぐに書きつづってきたものである。親しい者だけに読ませて、出版は許可していないのだが、それでもかなりの写本がつくられ、方々で「読みました」と声をかけられる。

もっとも、さらに不可解で、当たり障《さわ》りのある話は、秘帖版としたほうに書きつづっていて、こちらは門外不出、誰にも閲覧《えつらん》は許していない。

「根岸。調べてやれ」

定信は、軽い調子で言った。

「となると、亀を見張らなければなりませんな」

「それはそうだろう」

「……」

根岸は困った。根岸の手の者は皆、忙しいのである。とくにいまは、幽霊心中の件がどういうことになるか、まるで読めずにいる。

なにげなく部屋を見回した。相変わらず、書画骨董で溢《あふ》れているものの、なんとなく隙間みたいなものがあるように感じた。が、いまはそれどころではない。

「じつは、御前……」

訳を話して断わろうとすると、

「では、亀が殺されるのを待てと言うのか」

定信の言葉で、別の案が閃《ひらめ》いた。

「いいえ。御前のお力を借り、ご家来を出していただいて、まあ悪事については多少、知恵のついたわたしがそのつど指示を出すということでいかがでしょう？」

「わしの家来を？」

「優秀なご家来が揃っているのは、巷でも評判です」

それはそうなのである。学問好きの定信は、江戸屋敷の家来も相当、厳選している。

「なるほど。そうしようか」

定信が曽根崎屋を見ると、いかにも恐縮したように平伏した。

「とりあえず、明日にでも、わたしもその亀は見せてもらいましょう」

根岸がそう言うと、

「では明日、わしもいっしょに行こう」

「なんなら、その亀をしばらく、御前がここで預かるというのは？」

根岸は、広大な池を指差して言った。われながら妙案ではないか。

「亀を？　ここで？」

定信が唖然とすると、

「いや、うちの亀はあまりにわたしに懐《なつ》いておりますので。それに、ここは潮入りの池ですから、うちのは駄目かもしれません」

曽根崎屋は、ますます恐縮して言った。

二

翌日の昼過ぎに、根岸は定信の八丁堀にある藩邸に入った。ここから、御《お》米蔵《こめぐら》通《どお》りにある曽根崎屋に向かうことにしたのだ。

定信は駕籠、根岸は駕籠を断わって徒歩である。根岸の供には、宮尾玄四郎と椀田豪蔵が付いた。忙しい二人だが、根岸が動くときは、側にいてもらったほうが、危急時に助かるのである。

歩き出すとすぐ、

「根岸、そこにいるのは、曽根崎屋に詰めてもらう者だ」

駕籠の隙間から人差し指を出して、定信は言った。

小柄だが、明らかにかなりの遣《つか》い手と見える若者が、

「吉野《よしの》疾風《はやて》と申します」

と、名乗り、

「根岸さまには何度かお目にかかっています」

そうも言った。

「うむ。そうだったな」

根岸も見覚えがある。つねに定信に従っている四、五名のうちの一人である。忍者ではないが、密偵として動く者に違いない。

定信は密偵好きである。気になることがあれば、すぐに調べさせる。そのため、機敏で優秀な者をつねに手元に置いているのだ。

ときに、最初に動かす密偵に、それを見張るための密偵をつけたりもする。それは猜疑心というより、道楽に近いと、根岸は見ている。

曽根崎屋の前に着いた。

すぐに奥へと通される。

表は、この界隈に多いほかの札差同様にざわざわしているが、長い通路を抜けて奥の一角に入ると、侘《わ》び寂《さ》びとはまるで違う、豪華な茶室のような雰囲気になった。

棚いにこまごました飾り物だ　てた祭りのよ　い賑やかに並べられている

　定信はすでに見慣れたものらしく、見ようともしないが、根岸はざっと見て、

「絵だの焼き物だのは、良いものはやはり上方《かみがた》のほうに多いのかな？」

　と、訊いた。

「そうですね。ただ、お大名が買い求めて、江戸屋敷に持って来られたものも少なくないかもしれません」

「国許《くにもと》ではなく？」

「国許だとあまり自慢にならないのでしょうな」

「なるほどな」

　どんな名品や逸品でも、それを褒めてくれる者がいなければ、せっかく入手してもつまらないのだろう。

「それに、近ごろは江戸の町絵師にも、京の絵師に負けないくらいうまくて、屏風絵などを描かせたい絵師が増えてきておりますよって」

　ときおり大坂弁が出てしまうらしい。

「それより、亀だ。どこにいる？」

　定信が急《せ》かした。

「こちらの裏庭におります」

裏庭にしてはかなり広い。百坪（約三三〇平方メートル）ほどあるのではないか。小ぶりだが、築山《つきやま》やひょうたん池もある。ただ、一面に雑草が繁茂《はんも》しており、蔵も目立つところにあって庭の興《きょう》を削《そ》いでいるのだが、それらは大坂人らしい気取りのなさなのかもしれない。

「池のなかか？」

定信は置いてあった下駄を履き、池の縁に立って、水のなかをのぞき込んだ。定信の銀糸を織り込んだ派手な着物は、池のなかからも目立つらしく、十数匹の鯉が、足元にバシャバシャと音を立てて群がった。

「池にはよほど暑い日以外は、あまり入らないのですよ」

「亀は一匹だけか？」

「はい。ほかにはおりません」

曽根崎屋も庭に降りると、

「亀ぼん、亀ぼん！」

と、歩きながら声をかけた。

「え？　呼ぶと来るのか？」

定信が驚いて訊いた。

定信が呆れたように言った。

「耳はあると思いますが」

曽根崎屋が自信なさげに答えたので、

「ありますとも。耳たぶはありませんが、ここらだろうと思うあたりに、窪《くぼ》んだところがあるので、たぶんあれが耳だと思います」

と、根岸が言った。じつは、駿河台の根岸家の庭では、亀も五、六匹、飼われている。根岸が知り合いからもらったのが、いつの間にか増えたのだ。

「それは知らなかった」

「ちゃんと、飼い主の声を聞き分けますぞ。な、曽根崎屋」

「そうなのです。可愛いものです」

と、曽根崎屋はうなずき、

「亀ぼん。出て来い！」

もう一度、呼んだ。

「亀ぼんとは、どういう意味だ？」

定信が訊いた。

「ぼんは、坊《ぼっ》ちゃんの意味でして」

「亀の坊ちゃんか、ははは」

定信は、力が抜けたように笑った。

「亀ぼん、どこにいる?」

曽根崎屋が三度目に呼んだとき、塀際の植栽《しょくさい》のなかからごそごそと音がして亀が現われると、まっすぐに曽根崎屋のほうにやって来るではないか。ウサギほどではないが、けっこうな速さである。

「えっ」

これには一同、驚いた。想像していたよりもはるかに大きいのだ。頭から尻尾まで二尺(約六〇センチ)近くあるだろう。甲羅は土まんじゅうのかたちにこんもりと盛り上がって、腰掛がわりにもできそうである。

「よおし、よし。よく来たな」

曽根崎屋は、近くに生えていた見慣れぬ草をむしって亀に与え、それから犬でも持ち上げるように亀を抱いて、ぽんぽんと甲羅を叩いた。なんと、亀も嬉しそうに足をぱたぱたさせているではないか。昨夜、曽根崎屋が言っていたが、首の近くに鋭いものでこすられたような跡がついている。

「こんなに大きかったのか?」

「大きくなったのです」

「何かかぶせたりしてはおらぬよな？」

「もちろんです」

「ほとんど化け物だな」

定信は、可愛がっている人に対して、ずいぶん失礼なことを言った。

「海亀ではないのかな？」

と、根岸が訊いた。海亀は、陸亀よりずいぶん大きくなると聞いたことがある。浦島太郎を乗せたのも、そんな亀なのだろう。

「こうして元気でいますから、海亀ではないのでしょうな」

「確かにそうだな」

「十年前に、大坂から江戸へ進出するのに出て参りますとき、堂島川という川の岸辺にこの亀がいたのです。これもなにかの縁だろうと、江戸に連れて来て飼い始めたら、こうなりまして」

「亀も懐《なつ》くことは知っていたが、ここまでとはな。いやあ、可愛いものだな」

根岸はそう言って、曽根崎屋から亀を受け取って抱いた。犬猫だけでなく、虫からカエルや亀などまであらゆる生きものが好きなのである。

「重いな」

「それでも五貫目（約一八・八キログラム）ほどですか」

「餌もずいぶん食うだろう？」

「ここに生えているのは、すべてこの亀が食べるものでして」

「なるほど」

だから、雑草が繁茂《はんも》しているのだ。

「あとは、虫も好きみたいですな」

「ああ、そうだな」

根岸も、亀がコオロギを食べているところは見たことがある。

「御前もどうです？」

根岸が亀を差し出すと、

「着物が汚れるだろうが」

定信は顔をしかめて言った。

亀を取り囲んでいた根岸たちとは別に、吉野疾風は庭の隅々を見て回っていたが、
しばらくして、

「まあ、商家だからな」

根岸がそう言うと、

「いや。これほどの札差にしては、無防備なところがあり過ぎます。しかも、内部に手引きする者もいるかもしれません」

そこまで言うかと思ってしまうほど、遠慮がない。

「確かに塀は低過ぎるかもしれぬな」

根岸もそれは見てすぐ思っていた。あれでは、梯子《はしご》などかけなくても、庭の亀に矢を射かけることができただろうし、毒の餌を放るのも、乗り越えて亀を殺害しようとしたのも、身の軽い者なら、さほど苦労はしなかったはずである。武家屋敷と比べると、やはり商人の住まいは隙だらけである。

「塀の手前にさらに高く、竹垣をつくりましょう。竹垣なら一日で出来上がります。それから、亀の甲羅に迷彩を施すのはいいと思われます」

「亀に迷彩を？」

根岸は笑いそうになった。

「とりあえず、コケでも貼り付けておきましょう。それと、ほかに亀がいないなら、影武者として数匹、足したほうがいいでしょう」

吉野は次々に思いついたことを提案する。

「なるほど」

曽根崎屋も納得し、手代を呼んで、吉野の言うことを書き留めさせた。

そんなようすを見ながら、

「吉野はな、仕事にかかると、ほとんど寝なくなるのだ」

と、定信は自慢げに言った。

「わたしのところに、夜、眠れずに、夜回りをしている者がおりますが」

「土久呂凶四郎のことだろうが。あれは昼夜が逆になっているだけだが、吉野は昼も寝ないのだぞ。吉野のほうが上だ」

「上ですか」

根岸は苦笑したが、定信の自慢げな顔はつづいていた。

三

夕方になってもどって来た、定町回りの山越達次郎《やまこしたつじろう》に、起きてまもない凶四郎が声をかけた。

「山越さん」

歩くと、軒先に出ていた番頭や手代たちの顔色が変わるらしい。

しかし、当の山越は、地味で穏やかそうな顔をした中年男なのだ。

「ああ、土久呂。例の件だろう?」

とくに打ち合わせなどはしていなかったが、小菊が生きていたことを聞いて、山越も驚いたはずなのだ。つまり、小菊だけでなく、山越が捕まえようとしていた取り込み詐欺の下手人の死も、疑わしいことになってしまった。

「そうなんです。なにか、わかりましたか?」

「まだなんだ。野郎が生きているとしたら、似たような取り込み詐欺はやっているはずなんだがな。そういう話はないみたいだ」

「あのとき船丸ごとやったんですから、一生分くらい稼いだでしょう」

「だがなあ、あれだけの仕事は野郎一人でやれっこねえぜ。もしかしたら、背後に誰かいたのかもしれねえしな」

「なるほどね」

山越が追っていた下手人は、船主の玉木屋《たまきや》六兵衛《ろくべえ》といった。船主といっても、小ぶりの廻船を一艘《そう》持っているだけだったらしい。

「おめえ、鉄砲洲の五郎蔵さんとは親しいんだよな?」

「親しいというか、お奉行といっしょに何度かお会いしてますけどね」

「いっしょに行ってもらえねえかな。あの人だったら、連中のことをなにか知ってるかもしれねえんだ」

「ああ、そうかもしれませんね」

「ところが、あの人は仲間内のことだと口が堅くなっちまうんでな」

「だったら、お奉行に直接、行ってもらったほうがいいでしょう」

「そうか。頼んでみるわ」

山越は、根岸の部屋に相談に行ったが、すぐにもどって来て、

「駄目だ。出かけておいでだ」

「明日の朝、わたしからも話しておきますよ」

「そうしてくれ」

山越は家路につき、凶四郎はいまから夜回りである。

凶四郎は、日本橋のたもとで源次と待ち合わせていた。

「よお」

「旦那。ちっと、料亭の女将たちに小菊のことを訊いて回ったんですがね、どうも

「ううむ。その筋の人に頼むか」

「その筋ってやくざですかい？」

「いや、それは筋違いだ」

日本橋から人形町のほうに向かい、葺屋町《ふきやちょう》の横道に入った。

「あ、なるほど」

源次がニヤリとした。

「いるかい？」

戸を開けて声をかける。

「あら」

「源次親分もいっしょだぜ」

甘ったるいことを言わないよう、注意を促《うなが》したのである。

「お疲れさまです、親分」

「いいえ」

「そうそう。このあいだの晩は、いい芝居だったぜ」

凶四郎は忙しくて、あれからまだ礼も言ってなかったのだ。

「そうかしら。でも、あれだけ仰天してくれると、やりがいもあったわよね。大身のお旗本が、わあわあ言って怖がるんだもの。思い出すたび、お腹がよじれるわよ。幽霊の役があったら、またぜひ」

やっぱり、よし乃は楽しんだのだ。

「今日はまた、別の頼みがあるんだ」

「なんでしょう？」

「例の生き返った小菊を調べてるんだけど、どうも自分のことはあまり語らなかったみたいなんだよ」

「そうね。あたしもずいぶんお座敷はいっしょになったけど、余計なおしゃべりをする妓《こ》じゃなかったわね。それに置屋が違ったから、あたしもあまり知らないのよ」

「小菊がいた置屋は知ってるかい？」

「ええ。小みち姐さんの置屋だったわね」

「そこへ連れてってもらいてえんだ。置屋の女将も、あんたがいっしょのほうが、いろいろ話もしてくれると思うんだよ」

「わかりました」

よし乃は簡単に支度をすると、凶四郎と源次を案内した。

「ちょいと、ごめんね」

やさしく声をかけて戸を開けると、

「女将さん。ご無沙汰してます」

川柳の師匠の声ではない、裏が花色になった声である。

「あら、よし乃ちゃん」

「いま、忙しい？」

「大丈夫よ。それより、よし乃ちゃん。もういっぺんお座敷に出てみる気はないのかい？　しょっちゅう、あんたのことを訊かれるんだよ。置屋替えて、うちから出たらいいじゃないのさ」

「いまさら、あたしなんか出たって相手にされませんよ」

「あんたが気にしてんのは、あの旦那のことだろ？　あんなもの、しらばくれちまえばいいのに」

よし乃の千両の借金のことは、日本橋のその筋では、知れ渡ってしまったらしい。

「そうはいかないわよ。それより今日は、小菊ちゃんのことを話してもらいたいの。南町の土久呂の旦那もいっしょなのよ」

「あら、旦那」

女将は凶四郎の顔を知っていたらしく、

「はいはい、読みましたよ、瓦版。どういうことなんです?」

と、親しげに訊いた。

「結局、死んだふりだったんだろうな」

「まあ。うちなんか、ご位牌《いはい》や戒名《かいみょう》までつくってあげたんですよ」

「死んだふりをした理由に、思い当たることはねえかい?」

女将はちょっと俯《うつむ》いて考えると、

「わかりませんね。てっきり、楽しくやってたと思ってましたんでね。売れっ子だったし、芸にも一生懸命だったし」

「いつから、ここに来たんだい?」

「十二の歳に、あの子は一人で来たんですよ。本名はおあきと言うんですが、吉原に売られちまうので逃げて来たんだって。吉原は嫌だ。芸者になりたいって」

「一人で来たのか?」

「でも、身元を保証する人はいたので、あたしも置くことにしたんです。もちろん、三味線も唄も、なんにもできなかったから、一から習わせたんですよ」

「だが、親はいたわけだな?」

「小船町《こふねちょう》にあった〈遠州屋《えんしゅうや》〉という海産物問屋でした。いまはもう、なくなっちまいましたが、あのころは間口も十間（約一八・二メートル）ほどある大店でしたので、あたしも信用したんです」

「なくなったというのは、潰れたってことか？」

「わからないんです。小菊に訊いたら、潰れたみたいだって。そのころはもう、身元のことなんかどうでもよくなってましたのでね」

女将の言っていることは嘘ではないだろう。

「小菊ってのは、どういう娘だったんだい？」

「どういう？」

「なにか陰があるみたいなことはなかったかい？」

「陰ねえ。そりゃあ、吉原に売られそうになったくらいだから、そこらの町娘みたいに能天気じゃなかったですよ」

「決まった男はいなかったのかい？」

「決まった男はいませんでしたが、どうも好きな男はいたような気がします」

「そりゃあ、いただろうな」

「あの妓には、人を惹《ひ》きつける魅力があったのは確かですね。話し方が、おっとりしてましてね」

「おっとり？」

「うちに来たときは、大坂訛《なま》りが残っていたんです。十歳のときまで大坂にいたって言ってましたよ」

「そうなのか」

「京都の言葉ともまた違うんでしょ。大坂の言葉というのは？」

「それは、わからねえな」

「物言いが柔らかいんですよ。江戸娘みたいにチャキチャキしてないんですが、お座敷だとお客のほうは、なんかゆったりした気分になるんでしょうね。座が明るくなると言われて人気がある娘は何人もいますが、のんびりくつろげるから小菊を呼べと、よく言われたものですよ」

「ほう。大坂生まれなのか」

それがなぜ、江戸に来て、吉原に売られそうなことになったのか。

「高句麗屋って男と心中したみたいなんだが、小菊を呼んだりしたことは？」

「それが、ないんですよ。あたしも瓦版を読んでから、帳面をひっくり返したりしてたんですが、高句麗屋って名前は一度も出て来ないんですよ。もっとも、大きな

「それはねえと思うがな」

無理心中にしたって、まるっきり知らない女は相手にしないだろう。小菊の人生はどんどん深い霧に包まれていくようだった。

四

凶四郎が起きて動き出したころ——。

しめと雨傘屋は、いわゆる観音さまの裏手、吉原に向かっていた。

高句麗屋の女房だったお染の居場所がわかったと、連絡が来たのである。

大門のところで、南町奉行所の同心である角松象二郎《かどまつしようじろう》を呼んでもらった。角松は五十代の、隠居間近の同心で、去年から吉原詰めとなっていた。

その角松に、根岸を通じてお染が吉原にもどっていないか、捜してくれるように頼んでおいたのである。

「おう。ついに見つけたぞ」

角松は嬉しそうに言った。

「ありがとうございます」

「そなたたちが踏んだとおりだな。吉原にもどっておった。なんて馬鹿なことをするのだと、叱っておいたがな」

この際、説教はやめておいて欲しかった。そういうことをされると、つむじを曲げたりして、洗いざらい話さなくなる恐れがある。心中のことは伏せておくよう頼んでおいたが、もしかしたらすでに伝わっているかもしれない。

「話を聞きたいのですが」

しめがそう言うと、

「あんたは、なかへは入らねえほうがいいぜ。入れねえこともねえが、お染が嫌がるんじゃねえかな」

「あたしは話を聞くなと？」

「外だったら大丈夫だ。妓《おんな》たちには、いろいろ面倒な気持ちがあるのさ」

「呼び出してもらえるなら、どこでも構いませんよ」

「わかった」

角松は、いったんなかに入り、お染を連れて出て来た。痩せぎすの、背の高い女である。傘問屋の手代は、「ふつうの女房」と言っていたが、こうして見ると、やはりきれいな女で、高句麗屋では、化粧などはしていなかったのかもしれない。

「甘いものが食べたい」

「あたし、なんか悪いこと、しました？」

と、訊いた。なるほど、かすれた声だが、これを心地良く感じる男も多いのではないか。

「高句麗屋のことを訊きたいんだよ」

と、しめは言った。角松は黙って、隣の縁台に座っている。

「なんで、また？」

「いろいろ、わからないことが出てきたもんでね」

「押し込みのことでですか？」

「それもあるけどね。高句麗屋のことで、知っていることはなんでも話してもらいたいんだよ」

「あちきは、あの人のこと、なんにも知らないんですよ」

「一度はいっしょになった仲だろうが」

「でもね、あちきはなんだか飾りに過ぎなかった気がするんです」

「飾りというと？」

「いちおう、女将さんみたいな女を、店に置きたかったんじゃないかしらね。それらしく恰好をつけるために」

「なんの恰好をつけるんだい？」

「なんなんでしょうね。ごくふつうの商人だっていうふうにですかね」

「ふつうの商人じゃなかったのかい？」

「あちきはだいたい、ずっと吉原にいた女ですから、ふつうの商売のことなんか知りませんよ。でも、ふつうの商売仲間が、夜中にそおっと訪ねて来て、そおっと帰って行ったりしますかね」

「へえ。それはどういう人たちだったんだい？」

「わかりません。会わせてくれませんでしたから」

「何人も来たのかい？」

「来るときは、一人か、二人でした」

「番頭や手代はどうだったんだい？」

「見て見ぬふりみたいでしたよ。番頭や手代は、ふつうに商売をしていたみたいですが」

「それは町方にも言ったんだね？」

「夜中に商売仲間が来ていたとは話しました。でも、押し込みに入ったやつらとは、別だと思いますよ」

拠は上がっていないとのことだった。

「あたしは、そういうことはわかりません」

「そうだよね」

しめは雨傘屋を見た。雨傘屋も首をかしげるだけである。

「それと、あの人、ほんとは別に好きな女がいたんじゃないかって、近ごろ、思ったりもするんですよ」

「なんでそう思うんだい？」

「おざなりだったから。布団のなかで。吉原の客のほうが、ずっとあちきを愛しむようにしてくれますよ」

お染は、角松に煙草をねだった。角松は、持っていた煙管と煙草入れを、放るようにした。

「思い当たるような女はいたのかい？」

しめは、さらに訊いた。

「それはわかりません」

「あんた、聞いたかい？」

「なにを？」

「じつはさ、高句麗屋は死んでなかったんだよ」

お染の目が大きく見開かれた。やはり知らなかったらしい。

「生きてるんですか？」

「ううん。死んじまった。ついこのあいだだけどね」

「どういうこと？」

お染の声がさらにかすれた。

「女と舟のなかで心中してたんだ」

「誰と？」

「小菊っていう日本橋の芸者だよ。知ってるかい？」

「いいえ。聞いたことないですね。でも、なんだって心中なんか？」

「わからないから調べてるんだよ」

「生きてたんですか。そうですか。やっぱりね」

煙草を大きく吸って吐いて言った。

「なんで、やっぱりなんだい？　顔を見たのかい？」

「いいえ。顔はあまりに惨《むご》たらしいってんで、見せてもらえなかったんですよ。そのかわり、彫り物を見せられたんですが、あの人のものとは、ちょっと違う気がし

「それは町方の者に言ったのかい？」

「いいえ。ほんとに気のせいかもしれなかったので」

それからお染は悔しそうに泣き始めた。

訊きたかった高句麗屋のことは、本当にほとんど知らないようだった。

五

曽根崎屋に張りついている吉野疾風が、朝早くに根岸の私邸のほうにやって来た。

朝のうちなら、亀ぼんもなにかされることはないだろうというので、報告はこの刻限にすることになったのだ。吉野はこのあと、定信のところにも立ち寄ることになっている。

「朝飯は済ましたのか？」

根岸は吉野に訊いた。

「いえ、まだです」

「では、いっしょに食えばいい。話は食いながら聞く」

「はっ」

夜回りからもどった土久呂も同席している。さらには、朝飯目当てで早く来たとしか思えないしめと雨傘屋もいる。

主従がいっしょに、家族のように食事をする光景など初めて見たのだろう。吉野は呆気に取られたような顔をしている。

「それで、根岸さまのお訊《たず》ねになっていた件ですが、やはりそうでした。曽根崎屋は、かなり縁起をかつぐ人だそうです」

「そうか」

根岸はもしかしたらそうではないかと思って、確かめてくれと頼んでおいたのである。

「大坂では、そういう人のことをけんげし屋というそうですが、曽根崎屋はきわめつきのけんげし屋だそうです。例えば、しの字をできるだけ使わせないようにしているそうで、あそこでは、四十はよんじゅうと数えますし、仕方がないは、ひかたがないと言うようにしているそうです」

「落とし噺では聞いたことがあるが、本当にいるのだな」

根岸は苦笑した。

「さすがに、わたしたち外部の者には押しつけたりはしませんが」

「そこは、商人だからな」

根岸と吉野の話を聞いて、

と凶四郎が言った。

「狙いはそれだろうな」

根岸もうなずいた。

「万年生きる亀が死んだりしたら、落胆のあまり曽根崎屋も死んでしまうことを期待しているのでしょうか。だとしたら、亀殺しではなく、立派な人殺しですよね」

凶四郎は憤然として言った。

「さて、そこまで思ってのことかどうかはわからんな」

根岸は首をかしげた。

ふと、吉野が静かになっているのに、皆が気づいた。

なんと箸と飯の茶碗を手にしたまま、吉野は目を閉じているではないか。かすかに寝息のような音も聞こえている。

「眠っているんですか？」

しめが小声で訊いた。

「うむ。この者は、仕事となるといっさい眠らず仕事をするというのだ」

根岸がそう言うと、

「それは無理ですよ」

凶四郎は苦笑した。

「そうだよな」

「ええ。当人は眠っていないつもりでも、どこかで寝ているのですよ。こんなふうにこまぎれにね。そうでなければ、身体が持ちません」

凶四郎が言うと、説得力がある。いまでこそ悩みはしていないが、当初はずいぶんそれで苦しんだのだ。

「かえって、勘などが鈍ったりはせんのかな?」

「鈍るか、逆に鋭くなり過ぎて、ありもしないものが見えたりするでしょうね」

「なるほど」

と、根岸が言ったとき、吉野はスッと目を開け、なにごともなかったように、食事をつづけた。

「それで、曽根崎屋では、なにか異変はないのか?」

根岸は起きたばかりの吉野に訊いた。

「亀に対する攻撃は止んでいますが、何者かの気配はあります」

「気配が?」

「昨日の明け方も、庭を窺《うかが》っているような視線を感じました」

「ふうむ」

た」

「……」

根岸は吉野を見つめた。それが本当に勘働きによるものか、あるいは単に寝不足からくる妄想なのかを判断しようとしているらしい。

「とりあえず、ことなきを得ましたが、亀はせめて夜だけでも部屋に囲まれた中庭のほうに移したほうがいいと曽根崎屋に進言し、さっそく昨夜から、夜は中庭に移してもらっています」

「中庭にな」

根岸は首をかしげた。

と、そこへ――。

「札差の曽根崎屋から根岸さまに使いの者が参りました」

当直の同心が報せてきた。

「通せ」

やって来たのは、曽根崎屋の手代である。御蔵前からここまでだいぶ急いで来たらしく、汗びっしょりになっている。

「どういたした？」

「当家の亀ぼんが、昨夜、攫《さら》われました」

「なにっ」

根岸も驚いたが、飛び上がったのは吉野疾風である。

「しまった」

朝飯はまだ途中だったが、箸も放り出し、

「もどります。ごちそうさまでした」

礼は忘れずに飛び出して行った。

「しめさん、雨傘屋。いっしょに行って、ようすを報告してくれぬか」

「わかりました」

しめと雨傘屋は、吉野の後を追った。二人とも、朝飯はしっかり食べ終えている。

「呼んでみましたか？」

南町奉行所からもどった吉野が、呆然としている曽根崎屋に訊いた。

「こんな中庭では、隠れるところもありませんし」

三坪（約一〇平方メートル）ほどの庭で、枯山水《かれさんすい》ふうにつくられ、縁の下は格子が取り付けられているので、潜り込むことはできない。周囲は廊下になっている。

「いつ、いなくなったのでしょう？」

ので、気がつかなかったらしい。だいたい、甲羅にこけをつけたりしていたので、庭の石と区別がつけにくかったりしたのだ。

「番頭が子《ね》の刻《こく》（午後十一時〜午前一時）ごろに見たときはいたそうです」

「忽然《こつぜん》と消えた訳ですね」

　このやりとりに、

「いやあ、忽然とは消えないでしょう」

と、雨傘屋が言った。

「あんたたちは？」

「あ、根岸さまから行けと命じられまして」

　しめが十手を見せた。

「そうですか。根岸さまの」

と、曽根崎屋は吉野よりも頼りになるというくらいの信頼感を露《あら》わにした。

「では、どうやったというのだ？」

　吉野が雨傘屋に訊いた。

　雨傘屋はざっと、この家を一回りして、

「おそらく、そう難しい手口ではなかったはずです。そちらの一角は屋根のある廊下だけで、しかも、塀の向こうは路地かなにかじゃないですか？」

「そうです。誰でも通り抜けられる路地に面してはいますが……」

「では、外から竹竿につけた平たいザルのようなものを下ろしたのでしょう。ザルのなかには、亀の好きなものを入れていたはずです。亀はザルに乗って、餌をあさると、手ごたえでわかりますから、それを引き上げたのでしょうね」

「なるほど」

雨傘屋の説明に曽根崎屋はうなずいた。

「この中庭だからやれたのですね。向こうの裏庭だと広すぎるので、この手は使えなかったと思われます」

「なんてことだ」

吉野は頭を抱えた。

「いや、吉野さまの責任じゃありません。裏庭にいればいたで、いくらでも亀を連れ去ることはできたはずです」

雨傘屋は、慌てて吉野を慰めた。

すると、そこへ、

「旦那さま。繁蔵が向こうで亀ぼんみたいな亀がいると」

番頭が言ってきた。

「なんだって?」

曽根崎屋に、表の店のほうへ向かった

「繁蔵って誰です？」

しめが番頭に訊いた。

「うちの手代です。いま、使いからもどって来たんですが」

「亀ぼんがいたそうだ！」

曽根崎屋はそう言って、店を出て行った。しめたちも急いで後を追う。

鳥越橋《とりごえばし》のところである。

「ほら、旦那さま、あそこに」

繁蔵が、下の鳥越川の浅瀬を指差している。水は多くないので、川の端は砂地が露わになっていて、そこに大きな亀が首を伸ばしてこちらを見ていた。

「あれは、亀ぼんだ」

曽根崎屋は、なかば転げ落ちるように土手を下りた。

「おう、無事だったか。よかった、よかった」

抱かれた亀ぼんが、嬉しそうに足をぱたぱたさせた。

もどったしめと雨傘屋の報告を聞いて、

「下手人は川に放していたわけか」

と、根岸は言った。

「下手人は、逃がしたつもりだったんでしょうか？」

「だろうな。ということは、亀はいなくなればいいだけで、別に殺さなくてもよかったということなのかな？」

「そうですよねえ」

しめは首をかしげるばかりである。

——どういうつもりなのか？

根岸にも、下手人の思惑は見えてこない。

六

この日の夜——。

江戸の三町年寄の一人である奈良屋市右衛門《ならやいちえもん》から相談ごとがあって、根岸は深川の料亭〈平清〉に出向いた。

町年寄なら、住まいに近い日本橋の料亭を使うのがふつうだが、その料亭同士のごたごたの件なので、川を越えて深川の料亭を選んだらしかった。

相談はそう難しいことではなく、根岸の名前さえ貸してくれれば、あとは奈良屋のほうで中裁に入るとのことだった。

と、奈良屋が仲居に声をかけると、酒や食事の膳とともに、芸者が二人、入って来た。なんと一人は力丸《りきまる》ではないか。

力丸はすました顔で根岸を見ると、

「あら、お奉行さま」

と言ったが、喜んでいる気持ちが口元に蝶々のように漂っている。

――奈良屋の計《はか》らいか？

と、根岸は思ったが、どうもそういうものではなく、たまたまだったらしい。

力丸が、いま上方で流行っているという唄を披露した。

〽高津さんから出てきた二人
ほんのり赤い顔隠し
道頓堀まで来てみれば
東と西へ別れ道
ああら　ほれほれな　ほれほれや

〈ほれほれ節〉というそうで、江戸にはない華やかな調子である。

「面白い唄だな」

　根岸は初めて聞いて感心したが、奈良屋は知っていた。

「さすがだな」

「なあに遊びごとですから」

「いや、遊びを知らずに、商売も政《まつりごと》もできるものか」

　根岸は本気でそう思っている。

「そういえば、京都で貴重な絵が見つかったそうですな」

と、奈良屋が言った。

「貴重な絵？」

「俵屋宗達《たわらやそうたつ》はご存じで？」

「まあな」

　それくらいは根岸も知っている。

「新しい絵が見つかったのだそうです」

「ほう」

「絵の題材は、〈鶴の神、亀の神〉だそうです」

「鶴の神、亀の神？」

「あの〈風神雷神図屏風《ふうじんらいじんずびょうぶ》〉

「そうだったのか」

「持ち主は金に困っていて、江戸で買い手を捜しているそうで、それがどうやら深川の霊巌寺《れいがんじ》に届いたみたいです。これから、競り合いがおこなわれるのでしょう」

ふと、松平定信の浴恩園の一室が頭に浮かんだ。

「それだ」

と、根岸は言った。

「それとは？」

奈良屋が訊いた。

「いや、なに、こっちの話でな。亀のことでごたごたがあって、それと話がつながったのさ。なあに、くだらぬ話だ。気にせんでくれ」

奈良屋も、力丸までも聞きたそうにしたが、なにせ松平定信がからむのである。根岸はほかの話題を出してごまかしてしまった。


それから三日後——。

根岸は千代田の城に赴《おもむ》いた際、黒書院から出たところで松平定信と鉢合わせをした。

「これは御前」

「おう、根岸か。相変わらず忙しいようだな」

「このところ、あれやこれやと」

「む。あの曽根崎屋の件だがな」

「はい」

「もう、うっちゃっておいてよかろう」

「わたしもそのつもりでした」

根岸がそう言うと、

「そうなのか？」

定信は意外そうな顔をした。

「贋物だったそうですな」

「なにが？」

「俵屋宗達の〈鶴の神、亀の神〉は」

「そなた、よく知っているな」

「どうも、わたしの耳の袋は、ほかの者よりは多少大きいらしくて、町の噂がいろいろ入ってくるのです。しかも、贋物と見破ったのは、御前だったと」

その話は、昨日、仲裁の成功を報告に来た奈良屋から聞いたのだった。

あの時代にはない建物が、背景に描かれてあった」

「そうでしたか、曽根崎屋もがっかりでしたでしょうな」

「……」

定信は口をつぐんだ。

「あの亀も、もう狙われることはないでしょう」

根岸は言った。

「そなた、わかったのか？」

定信はムッとして言った。

「御前の悪戯が過ぎたようで」

「……」

「曽根崎屋に、亀は自分にとって縁起が良くないと思わせたかったのでしょう？　そうすれば、俵屋宗達の傑作を入手できたかもしれないわけですから」

「なぜ、わかった？　吉野までつけたのに」

「この前、御前の部屋に伺ったとき、いつも置いてあった屛風絵が片付けてありました。新しいものを入れるおつもりなのかと思ったのが一つ」

「うむ」

「京都から俵屋宗達作かもしれぬ〈鶴の神、亀の神〉の絵が来て、競売がおこなわれるという話をとある者から聞き、それは御前が欲しがるだろうと。そして、競合するのは曽根崎屋かなと思いまして、あとはまあ、どことなく諧謔《かいぎやく》を感じさせる手口などから」

そう言って、根岸はニヤリとした。

「まったく、そなたというやつは」

「当たりましたか？」

「ふん。だから、わしはそなたに話を持ち込みたくはなかったのだが、あまりに曽根崎屋が何度も頼むのでな」

「どうせ、わたしにもわかるまいとお思いでしたので？」

「いや、そなたなら、たとえ知られても黙っていてくれと頼むだけでよいだろうが」

「そういうことでしたか」

「そちらで茶でも飲むか」

「ありがたいお申し出ですが」

根岸は忙しいのである。これ以上、定信の道楽の相手をしている暇はない。

七

「よう、根岸、どうした？」

五郎蔵は、帳面をわきに置いて、嬉しそうな顔をした。

「今年の春に、浜町河岸の舟宿で焼け死んだと思われていた玉木屋六兵衛という男のことが知りたくてな」

「ははあ」

五郎蔵は苦い顔で、凶四郎と山越を見た。

「おれに話させるため、根岸を連れて来たわけか」

「申し訳ありません」

凶四郎は頭を下げた。五郎蔵は信義に厚い男で、仲間内の都合の悪いことは話したくないのである。根岸も来る前に、「あいつは人殺し以外のことは話さないぞ」と言っていた。

「この前、そこに心中の舟が上がったろう」

と、根岸は言った。

「ああ、見たよ。なあ、土久呂さん」

「はい」

凶四郎はうなずいた。

「どうも、ただの心中じゃないらしい」

「瓦版は読んだよ。幽霊心中だそうだな」

「しかも、背後にはなにか大きな悪事がある。たぶん、死人はまだまだ出るだろう」

「そうまで言われるとな」

五郎蔵は頭をかいて、

「玉木屋ってのは、船頭上がりの小悪党だ。ただ、度胸はあって、朝鮮とルソンに渡ったことがある。それで一儲けして、あの詐欺で使った船を手に入れたんだ」

「玉木屋は死んだと思うか？」

「死んだよ」

五郎蔵は断言した。

「なぜ、そう思う？」

「死んだふりだったら、誰かが会っている。そんな話はまったく聞かない。おれの耳に入らずに、江戸からいなくなるのはまず無理だ。もちろん、ひそかに悪事を開始したら、かならず噂が入る。それもないということは、あそこで死んでるんだよ」

「なるほどな」

「もう一つ、教えてくれ」

「高句麗屋のことを教えてくれ」

「あいつは馬関から来たんだろう。おれは知らねえ」

「そうか。邪魔したな」

根岸はそう言って、外に出た。

凶四郎は山越と目を合わせ、首をかしげた。いつもの根岸と五郎蔵の雰囲気とはずいぶん違っていた。

「土久呂、ついでだ。もう一軒行こう」

と、根岸が言った。

「え、どちらへ？」

「馬関と行き来のある商人を知っているのだ。もしかしたら高句麗屋についても知っているかもしれぬ」

「それはもう」

鉄砲洲から八丁堀の堀沿いに歩いて、弾正橋《だんじょうばし》のたもとに来た。

根岸が立ち止まったのは、本屋の前である。

「ここは、清や朝鮮の、面白そうな書物を扱っているのだ。硬い学問ではなく、通俗とされる読み物をな。それで、ときどき馬関とも行き来してるのよ」

「ははあ」

根岸の顔の広さは、毎日、江戸を回っている同心でも敵わない。

戸を開けると、

「これは根岸さま」

眼鏡をかけたあるじが顔を上げた。近眼らしいが、歳はまだ三十代ではないか。

「あんたに、ちと訊きたいことがあってな。元馬関の商人で、去年、江戸に出て来ていた高句麗屋という商人のことを知っているかい？」

「幽霊心中の？」

「さよう」

「知っておりました。馬関では遣《や》り手で知られていましたし」

「どのような男だった？」

「船頭上がりですよ」

「そうなのか」

「それも江戸のね」

「江戸者か」

「早々と自前の舟を持ち、人も運べば、荷物も運び、必死で働いたみたいです。三たのです」

「そうだったか」

「そのころはまだ高句麗屋は名乗っていませんでした。でも、この調子なら、まもなく、たいした船主か、廻船問屋になるだろうと思っていたのですが、突如、江戸からいなくなっちまったのです」

「なにかあったのだな」

「どうなのでしょう。あたしは、そこらのことはわかりません。その後、馬関で再会したのですが、その件については話そうとしませんでした」

「いや、参考になった」

　根岸は礼を言って、外に出た。

「お奉行。五郎蔵さんはそのあたりのことも知っているのでは？」

　凶四郎は訊いた。

「だろうな。だが、あいつは言わないと決めたら、わしが頼んでも言わないのさ」

　根岸はさほど怒っているふうでもなく、そう言った。

第三章　死期の当てっこ

一

「なるほど船頭上がりの江戸者ね」

と、北町奉行所の若山忠兵衛は言った。

高句麗屋の前身について、椀田豪蔵が説明したのだ。わかったことは、お互い報告し合うことになっていて、そのつど相手の奉行所を訪ねることになっている。

「遣り手で、たちまち自前の舟を持ち、それがどんどん大きくなって廻船を持つようになったんだそうだ。だが、それ以上のことはまだ、わからねえ。鉄砲洲の五郎蔵さんはいろいろ知っていそうだが、あの人は仲間の都合の悪い話はしないのでな」

椀田豪蔵が言った。宮尾玄四郎もいっしょだが、いつものように少し離れたとこ

が、なにも答えてもらえなかった。根岸さまの親友だし、あの人を怒らせると、船頭たちが奉行所の荷物をわざと水に落とすという噂もあるくらいだしな」

「それはないだろうが」

椀田は言った。あの五郎蔵が、そんな陰険な意地悪をするはずがない。

「なるほど、わかった。いやあ、おいらのほうはさっぱりだよ。毎日、足を棒にして歩き回っているが、高句麗屋藤右衛門の正体は海霧の彼方だった」

「殺されたときに手がけていた仕事はわかってないのかい？」

椀田は訊いた。そこがカギになるのではないかと、宮尾とも話していた。

「わからねえんだ」

「金は盗られてなかったんだよな？」

「いや、数十両ほどは盗まれているはずなんだ。それくらいだと、金蔵ではなく、引き出しあたりに入っていたりするんでな」

若山は物盗り説のようなことを言った。

「だが、物盗りより、商売上の恨みとかを考えるべきだったんじゃねえのか？　北町は、そこらは考えなかったのかい？」

「もちろん、そういう見方もあったよ」

若山は、椀田の迫力に負けまいと、胸を反《そ》らすようにして言った。

「いちおうあのときに調べているんだろ？」

「いやあ、覚えてねえんだよ、それが」

「書面にしてないのかい？」

わきから宮尾が訊いた。

「それについては、なにも書いてなかったよ」

「そうか」

「じゃあ、また報告し合おうぜ」

若山はそう言うと、そそくさと北町奉行所の奥の同心部屋へもどって行ってしまった。

椀田と宮尾は、いまから京橋まで出て、あの界隈に多い海産物問屋などで高句麗屋と付き合いがなかったか、一軒ずつ訊《たず》ねてみるつもりだった。

「若山なんだけどさ」

歩き出してすぐ、椀田は言った。

「あいつ、なんか隠してそうだよな」

と、宮尾が言った。

ありり得ないよ。よっぽど油を売っているなら別だけどな」

「いや、あいつは真面目な性分だ」

「じゃあ、なんだい？」

「手柄を独り占めしたいのかな」

「手柄かよ」

宮尾は鼻でせせら笑った。

「あんたには、わからねえだろうな、町方の同心が手柄を欲しがる気持ちなんか」

「わからないね。そりゃあ、仕事を成功させたいとかいう気持ちは、わたしにだってあるさ。下手人もなんとしても捕まえたいしね。でも、それだったら、一人より二人、二人より三人でやったほうがいいに決まってる。要は、自分がやったってことで、称賛を一身に浴びたりしたいんだろう？」

「まあ、そうなんだろうな」

「そんなことはつまらんね」

宮尾はこぶしで顔をこすりながら言った。いい男なのに、そういうしぐさは、日なたの猫にそっくりである。

「でもな、同心にとって手柄というのは生き甲斐になるものなんだよ」

「椀田さんでもかい?」

「おいらにもそういう気持ちはあると思うぜ。それで汲々とするのは嫌だがな」

「ふうん」

宮尾は、なにも起きなければ、そこらにごろごろ寝そべっているやつなのである。手柄を求めて町を歩き回るなんてことは、ぜったいにやらない。そういう宮尾を羨ましくは思うが、自分にはできないと、椀田は思っている。


江戸橋のたもとに差しかかった。

椀田が顔なじみの橋番に呼び止められた。七十近い年寄りで、椀田のことをひどく気に入っていて、通るたびに話しかけてくる。今日は、どうやら欄干に傷んできたところがあるのだが、橋回り同心が近ごろまったく回って来ないので、椀田のほうから伝えてもらいたいと頼んでいるらしい。

宮尾はかまわずに歩いていると、材木河岸のほうに人だかりがあって、十四、五人が丸く取り巻くようにしていた。

「どうかしたのか?」

宮尾は、近くにいた暇そうな野次馬に訊いた。

を前に置いて、小さな腰掛に座っている。歳は一人が五十代、もう一人はそれより十ほど若いのではないか。こちらは、身体つきだけだと、元武士といった感じである。

「二人とも易者《えきしゃ》じゃないのか？」

「そうなんです。客の取り合いで始まった喧嘩みたいなんですがね、あの客も困っちまって、もううっちゃって逃げるしかないでしょう」

男は立ち去ろうとしている客を指差した。じっさい客は呆れ顔で、宮尾の前をそそくさ通り過ぎると、どこかにいなくなった。

そこへ、椀田が来た。

「どうした？」

「易者同士の喧嘩だとさ」

宮尾がそう言うと、暇そうな野次馬が、

「いやあ、さっきの罵《のの》り合いを見せたかったですよ。しまいには、お互いに、お前は今月中に死ぬと、予言し合ったんですよ」

と、いかにも面白いものを見たという調子で言った。

「なんだ、そりゃ？」

「ほら、片方は人相見で、もう片方は八卦見でしょ？」

「ああ、確かに」

元武士ふうの人相見のほうは、顔を描いた布を見台に垂らしているし、年かさの八卦見のほうは、筮竹《ぜいちく》があるのでそれとわかる。

「最初はただの言い合いだったのですが、次第に激しい罵り合いになって、人相見のほうが先に、『お前の運勢を占ったら、今月中に死ぬと出ていたぞ』と言ったんです。すると、八卦見のほうも負けじと、『それは逆だ。お前のほうに死相が出ているわ。お前こそ、今月中に死んでしまうわ』と、こうですよ」

「互いに、今月中に死ぬと予言したのか？」

と、椀田が訊いた。

「そうなんですよ」

「今月中といったら、今日と明日しかないだろうが」

「ですよね。二人とも真っ青になってました」

「ほんとに占いでそう出たのかね？」

「どうなんですかね」

「ただの売り言葉に買い言葉だろうよ」

「それはしてねえんですが」

「なるほどな」

椀田は宮尾を見た。

「町方が口出しするほどのことではないんじゃないの」

宮尾が言うと、椀田もうなずいた。

二人の易者は、憤慨した顔で、もう一度、お互いを睨みつけていたが、荷物をまとめて立ち去ってしまった。

二

翌朝——。

奉行所裏の根岸の私邸では、根岸の朝食に、もどったばかりの凶四郎と、起きてきた宮尾、それに朝飯目当てらしいしめと雨傘屋が付き合っていた。

あまり進んでいない幽霊心中に関する報告が終わると、宮尾は昨日、江戸橋のたもとで見た、易者同士の喧嘩のことを話した。

すると、しめなどは、

「あっはっは、易者同士が、お互いに死を予言し合ったんですか！」

と、手を叩いて大笑いした。

だが、根岸は苦笑いといった感じである。

「でも、お奉行さま。この先、どういうことになるとお思いですか？」

しめは根岸に訊いた。

「大勢の人間が見ていたのだよな？」

根岸は宮尾に訊いた。

「ええ。あれで、明日も、二人ともあそこに出ていたら、確かに大笑いですよね。二人の易は、まるで当たらないってことでしょう」

「そうなるわな」

「ほんとだ、面白い！」

と、しめはまたも大笑いした。

「いや、しめさん。それは、笑いごとでは済まぬかもしれぬぞ」

根岸がたしなめた。

「え？」

「しめさんに雨傘屋」

「はい」

「なにか起こるかもしれないので？」

しめの顔が引きつっている。

「たぶんな」

「わかりました。すみません、大笑いなどいたしまして」

「そんなことはよい。それより、今日中に見つかればよいのだがな」

「じゃあ、さっそく」

と、しめと雨傘屋は飛び出して行った。

その二人を見送って、

「でも、御前、『耳袋』にもその手の予言の話がありましたね」

と、宮尾は言った。

「あれか」

それは『相学奇《そうがくき》談《だん》のこと』と題された、次のような話である。

浅草に住む、よく当たると評判の人相見の元へ、麹町《こうじまち》の大店にいる手代で、あるじからも認められ、「やがて、相応の元手を与えて、のれん分けをさせる」と言われていた男が訪ねて行って、人相を観てもらった。ところが、その人相見曰く、

「あんたは、将来など観る意味はないな。気の毒だが、来年の六月には死んでしまうだろう」

と、言い放った。

「なんだって。おいおい、よく観てくれよ」

「うむ。なんべん観ても間違いはない。はっきりと死相が出ておる」

「なんてこった」

手代は衝撃を受けたが、謝礼を置いて立ち去った。

麹町にもどっても鬱々として楽しめない。悩んだあげく、あるじに暇を願い出た。

「いったい、どういうわけで?」

あるじが驚いて訊ねても、

「さしたる理由はないのですが、出家したいと思いまして」

と言うばかり。

「それでは、のれん分けのときに渡そうと思っていた金をやろう」

「いえ、世を捨てるつもりですので、いただきません。もし、必要になったときはお願いします」

一銭も受け取らなかった。

その後は、取っておいた衣類などを売り払い、小さな家を買って、そこから寺に

そんなある日。

朝早くに両国橋を渡ろうとしたとき、歳のころは二十歳くらいの女が、いまから川に飛び込もうと欄干に上がって手を合わせているところに出くわし、

「待て、待て。いったいどういうわけで死のうとするのだ？」

と、訊いた。

女が答えるには、

「わたしは越後国高田《えちごのくにたかだ》の外れの百姓の娘ですが、親の許しもなく近くにいた男とわりない仲となり、故郷を捨てて江戸に来て、五、六年ほど夫婦として暮らしておりました。だが、夫は真面目な男ではなく、身を持ち崩し、貧乏暮らしの末に病で亡くなってしまいました。そのあいだに、店賃などの借金も溜まってしまい、家主などはわたしに親があると知り、親に頼ってでも借金を返すよう迫りました。でも、わたしは故郷を捨てた身で、いまさら親元に顔向けもできず、死を覚悟しました。どうぞ、見逃してくださいまし」

とのことだった。

元手代は、とにかく女に飛び込むことを思いとどまらせると、元のあるじのところに行って、

「じつはこういうことがありまして、かねていただくはずだった金子のうち、いくらかでもいただきたいのですが」

と、金を無心した。

この元あるじも、

「そういうことなら」

と、五両を与えた。

これで借金を返させ、元手代は近所の者に頼んで、事情を書いた手紙とともに女を越後の親元に帰してやった。

この親元というのは、豪農といえるほど裕福で、娘の帰りを喜び、勘当も許したばかりか、送り届けた者にも感謝することしきりであった。

さて、翌年の六月がやってきたが、この元手代は修行僧になったまま生きていた。そして六月も明けてしまった。

「どういうことだ？　さては、あの人相見は詐欺師だったのか」

元手代は、ここでようやくかつてのあるじにすべての事情を打ち明けた。すると、元あるじも憤慨して、

「それは、その人相見に騙されたのじゃ。そういうことなら、さぞやほかの者にも

迷惑をかけているに違いない。いっしょに行って、

と、元あるじと元手代は連れ立って浅草へ向かった。

まずは、元手代が門のところに隠れ、元あるじが一人で人相見の家に乗り込み、

「人相を観ていただきたい」

と、申し出た。

人相見は、じいっと元あるじの人相を観ると、

「あなたの人相には、とくに相談すべきことは出ていない。あなたは、人相を観てもらうためではなく、ほかのことが目的で来られたのではないかな」

そう言って席を立ち、格子窓に近づくと、門のところに元手代を見つけた。

「さて、不思議なことがあるものだ。そんなところに隠れておらず、こちらに入りなさい」

人相見は、元手代を招き入れ、

「覚えておる。あなたは去年の冬に人相を観て、この六月には生きていないと予言した人であろう。それが生きておられた。めでたいことだが、わたしの観立てが間違いだったのか。もう一度、観させておくれ」

天眼鏡を持ち出し、じいっと元手代の顔を見つめた。

「やはり、去年観たときと、そう違いはない。ただ、あなたは人命とか生きものの命とかを助けたことはなかったかな。それを教えてもらえぬか」

これには元あるじと元手代も驚き、両国橋で女を助けたことを語った。

「それじゃよ。その慈悲の行いで、運命が変わったのじゃ。このうえは、もはや命の危機は去ったはずじゃ」

人相見も感心するほどだった。

元あるじも大いに喜び、元手代も修行僧だったのを還俗《げんぞく》させ、さらに越後へ帰らせた女も江戸に呼び寄せると夫婦とさせた。これ以後、二人は幸せに暮らしているという。

短い話が多い『耳袋』のなかでは、やや長めの話になっている。なお、この話は、古典落語の『ちきり伊勢屋《いせや》』の元になったともいわれる。

「じつは、あれにも裏がある」

と、根岸は言った。

「やっぱり」

宮尾はうなずいた。

「なにかわかるか？」

「どういうものかはわかりませんが、裏はありそうな気がしていました。だいたい、易者がそんなことを予言しますかね」

「まあな」

　根岸はなにか差しさわりでもあるのか、それ以上は話そうとしない。

「それはそうと、北町の若山忠兵衛のことですが」

　宮尾は話題を変えた。若山がなにか知っているらしいとは、すでに告げてあった。

「うむ。だが、当人がそういうつもりなら、どうしようもあるまい。単独で動いていると、危ない目に遭うこともあるかもしれんがな」

「剣術の腕は間違いないと、椀田は言ってました」

　椀田は、若山が同心になったあとも、有志がおこなっている南北奉行所の手合わせの会で、二度ほど立ち合ったらしい。切れのいい動きをする太刀筋で、二度とも一本ずつ、小手を取られたという。

「椀田から小手を取るくらいなら、どんな相手でも、そうそう引けを取ることはないでしょう。まして、岡っ引きや中間も連れ歩くでしょうから」

「そうだな。まあ、もう少しようすを見るしかあるまいな」

　と、根岸は言って、急いで表へと向かった。

三

　しめと雨傘屋は、江戸橋のたもとにやって来た。

橋の上は、いまから店に出るお店者や、現場に向かう職人たちや、売り物を仕入れてきた棒手振《ぼてふ》りなどでごった返している。

「もしかして、今日も出て来るんじゃないですか？」

と、雨傘屋は言った。

「だといいけどね」

「意外と仲直りかなんかしてたりして」

「それはないね。そこまでのことを言い合ったら、意地ってのがあるだろうさ」

こんなに人がごった返すころは、易者たちは出て来ない。彼らの稼ぎどきは、夕刻から宵にかけてである。

この近所の者に易者たちのことを訊いた。

「どこから来てるのかね。人相見のほうはいつも橋を渡って来るけど、八卦見のほうはあっちの材木町のほうから来てるみたいだったな」

橋番のおやじはそう言った。

易者には縄張りなどもあるだろうから、そう遠くからは来ていないはずである。

江戸橋の南詰《みなみづめ》は、広小路《ひろこうじ》になっていて、蔵はあるが、常店《じょうみせ》は少ない。

屋台の寿司屋が店を開けたので、

「昨日、そこで易者同士の喧嘩があったろう？」

としめが訊いた。

「見ましたよ。面白かったですね。二人とも今月中には死ぬってさ」

へらへら笑ったので、

「馬鹿。笑ってる場合じゃないかもしれないよ」

十手を出して叱りつけた。

「へっ。じゃあ、当たるかもしれないので？」

「それを心配してるんだよ」

「そうでしたか」

「易者たちの身元はわかるかい？」

「いやあ、顔は毎日見てたけど、話をしたことはないんでね」

「二人は前から喧嘩してたのかい？」

「そんなこともないでしょう。まあ、商売敵《しょうばいがたき》だから、仲は良くなかったでしょうが」

次に稲荷寿司売りや、飴売りに訊いても、やはり口喧嘩は見ていたが、身元まではわからないということだった。

「難しい調べだね。あんなに笑うんじゃなかったよ。根岸さまの戒めかねえ」

しめは愚痴った。

「でも、あっしも笑っちゃいましたよ」

雨傘屋がしめを気づかった。

昼過ぎになっても、易者たちは出て来ない。

「だんだん、嫌な予感がしてきたよ」

しめは、昼飯の稲荷寿司を食べながら言った。

「もう一人、易者がいれば、占ってもらうんですがね」

「ほんとだね」

そのうち、屋台のそば屋のおやじがやって来て、店の準備を始めたので、

「おやじさん。昨日の易者の喧嘩は見てたかい？」

しめは十手を見せて訊いた。

「見てましたよ。ありゃあ、本気の喧嘩でしたぜ」

「いつも、何時くらいに出て来るんだい？」

「あっしと同じくらいだから、そろそろ来てもよさそうですがね」

「易者たちと話したことはあるかい？」

「ありますよ。八卦見はお得意さまでしたから」

「名前なんか知ってるかい？」

「平塚白雲斎《ひらつかはくうんさい》というんですよ」

「家ま？」

「たしか坂本町から来てると言ってましたね」

「人相見のほうはどうだい？」

「人相見とは話したことはありませんが、一度、長浜町《ながはまちょう》の角から出て来るのを見たことがありました」

坂本町なら、海賊橋《かいぞくばし》を渡ったところで、ここからも近い。

「行くよ」

しめと雨傘屋は坂本町に来て番屋で訊くと、

「その易者なら二丁目の裏長屋に住んでいるはずです」

さらに横町の木戸番で訊くと、

「そこの権兵衛《ごんべえ》長屋に住んでますよ。路地入って、右のいちばん手前でさあ」

「どういう人だい？」

「気さくな人ですよ。人の運命はわかるけど、自分のはわからねえんですすってね。だから、こんな汚え長屋に住んでいるんだと言ってましたよ」

「ま、そういうもんだろうね」

行ってみると、戸は締まっている。

「白雲斎さん。いるかい？」

外から声をかけるが、返事はない。

「なんか、やだね」

しめは顔をしかめて、

「死んでても仕方がないけど、血まみれは嫌だよ。餓舎髑髏《がしゃどくろ》が出たんじゃないだろうね」

以前の事件を思い出してしまったらしい。

「親分が開けてくださいよ」

雨傘屋も臆してきたらしい。

「馬鹿。こういうときは子分が開けるんだよ」

しめは、雨傘屋の尻を蹴るようにした。

「開けるよ」

雨傘屋はなかに声をかけて、恐る恐る腰高障子《こしだかしょうじ》を開けた。

「え？」

「どうしたい？」

しめは近づかず、後ろから訊いた。

「寝てるみたいです」

「寝てる？」

「蒲団のなかで――

「静かなもんです」

「入って、確かめな」

しめは雨傘屋の背中を押した。

「ごめんよ」

と、雨傘屋は律儀に雪駄を脱いで上がり込み、反対側を向いていた顔を恐る恐るのぞき込んだ。

「ああ、やっぱり」

と、雨傘屋はしめを見て、首を横に振った。

「見ただけでわかるのかい？」

「これが生きてたら、干物も刺身のうちに入りますよ」

「易が当たったのかね」

「大当たりだったみたいですね」

「なんで死んだかわかるかい？」

「頭がへこんでますよ。寝ているところを棒かなにかで殴られたんじゃねえですか」

「血は？」

「血は流れていないです。どす黒くはなってますが」

「夜中に侵入したんだね？」

心張棒《しんばりぼう》は脇にあったが、こんなものは針金でも差し込めば、かんたんに外すことができるのだ。

「早く報せなきゃ」

「じゃあ、おいらがひとっ走り」

「あたしはそっちの木戸番小屋にいるよ」

雨傘屋が奉行所に報せに走る途中、椀田と宮尾を追い越した。

「おいおい、雨傘屋」

宮尾が声をかけた。

「あ、宮尾さま。ちょうどよかったです」

「どうした？」

「朝、話に出た八卦見が殺されていました」

「なんてこった」

「奉行所に行きますか？　あっしは引き返しましょうか」

「いや、おめえは検死役の市川さんを呼んで来てくれ。わたしと椀田さんが現場に向かうよ。場所はどこだ？」

ねえ」

椀田と宮尾は駆け出した。

半刻《はんとき》（約一時間）後――。

椀田と宮尾は、八卦見の平塚白雲斎の遺体を見下ろしている。雨傘屋は奉行所からもどって来ていて、まもなく検死役の市川一岳がやって来るという。しめは、外で野次馬を追い払う役を買って出ていた。

「こうなると、人相見を捜さなければなるまいな」

椀田が言った。

「予言を当てさせるのに殺したってかい？　そこまでやるかねえ」

宮尾は首をかしげた。

「そりゃあ、わからんさ。人相見の家はわかったのか？」

「まだですが、長浜町の角から出て来るのを見たという者はいます」

「よし、行ってみようか」

ここは市川やしめたちにまかせて、椀田と宮尾は西堀留川《にしほりどめがわ》沿いの長浜町に向かった。

番屋で訊ねると、

「易者？　ああ、常盤稲荷《ときわいなり》の隣の一軒家に住んでるのがそうですかね」

とのことで、路地を奥に進んだ。

「一軒家に住んでるなんて、よほど儲かってるのかな」

椀田がそう言うと、

「易でもって、富くじを当てたんじゃないのか。おれは前から、それをしてもらおうかと思っていたんだがね」

宮尾はのんきなことを言った。

ところが、その家の前まで来ると、二人は首をかしげた。

「一軒家ってここか？」

「馬小屋の間違いじゃないの？」

「馬だって、この狭さじゃ向きを変えることもできねえぞ」

それくらい小さな家で、間口《まぐち》は一間ほど。奥行きは三間よりいくらか短いくらいだろう。これだと九尺二間の長屋よりも狭そうである。

「この家は人相見の家だな？」

ちょうど向かいの家から出て来た、湯屋に行くらしい女に訊いた。

「そうですよ」

「名はなんというのだ？」

もみたいである。

「しょうがねえ」

と、椀田が戸を叩き壊してなかに入った。

「おい、いねえのか？」

留守である。

なかは意外にきれいに片付いている。

部屋に比べたらまるで釣り合わない、立派な神棚があり、まだろうそくの火が灯っている。

「さっきまでいたんだ」

しばらく待ったが、白鹿堂はもどっては来なかった。

四

報《しら》せを受けて、根岸が直接、現場を見に来た。すでに日は落ちている。

現場の者は根岸の忙しさを知っているので、皆、恐縮している。だが、根岸独特の物の見方や、意外な指摘を期待してしまうのだ。

まずは、坂本町二丁目の八卦見の死体を見た。

「棒で殴りつけたにせよ、下手人はたいそうな怪力だったようだな」

「はい。なかなか、こんなふうには凹《へこ》みませんから」

市川一岳が答えた。

「そうだな」

「喧嘩の相手だった人相見の白鹿堂は、がっちりした身体つきで、武芸の経験でもありそうでした」

と、宮尾が言った。横たわっている八卦見は、貧弱な身体つきである。その身体を見下ろしながら、

「よくもそんなやつと喧嘩をしたものだな」

と、根岸は言った。

「確かに」

椀田がうなずいた。

「客を取った、取られたよりもほかの事情があったかもしれぬな」

「ほかの事情？　それは？」

「まだわからんさ」

次に、根岸は長浜町の人相見・白鹿堂仙助の家に向かうことにした。市川は死体

[illegible]」

椀田が言った。

「面白い家だな」

「大家に訊いたら、団子屋をやったけど、すぐに潰れて、易者に鞍替えしたそうです。団子屋にはいいかもしれません」

と、宮尾は言った。

家のなかに入った。狭いので、提灯を持った椀田以外は、外で待機した。

根岸は家のなかをざっと見渡し、それから神棚や、人相学の書物などを確かめながら、

「浪人崩れとかではなさそうだな」

「そうですか」

「女などはいたのか？」

「いなかったみたいです。が、ときどき友だちみたいな、小柄な男は訪ねて来ていたそうです」

根岸が来るとなったので、慌ててこの近所で訊いて回ったのだ。

「やはり、白雲斎をやったのはこいつだろう。小岩市川関所《こいわいちかわせきしょ》に報せて、人相見の白鹿堂か仙助を名乗る者は通らせぬようにさせるのだ」

「わかりました」

椀田はうなずき、伝令を出すために自ら奉行所に向かった。

「お奉行。なぜ、小岩市川関所なので？」

宮尾が訊いた。関所は、江戸の周囲に幾つもある。

「神棚を見てみい。お札は鹿島《かしま》神宮のものだ」

「あ、なるほど」

「この鈴も鹿島神宮のものだし、白鹿堂という名前も、鹿を神の使いとする鹿島神宮の教えから取っているに違いない。氏子だったり、なにか縁があるのだろう。鹿島神宮からしたら大迷惑だろうが、逃げるとなれば、そこらを目指すのではないかな」

「確かに」

さらに根岸は言った。

「客のことで揉めたと言ったな」

「はい」

「その客が深くからんでいるやもしれぬ。しめさん、雨傘屋」

「はい」

このやりとりに、

「しまった」

と、宮尾は顔をしかめた。そんなことは思いもしなかったのだ。

五

翌日——。

椀田と宮尾は、なんとなく責任を感じながら、奉行所を出た。根岸からは、お前たちは高句麗屋の調べのほうを優先してくれと言われたが、八卦見殺しも気になるのである。

「あのとき、易者の後を追いかけていたら、殺しは防げたかもしれねえな」

椀田がそう言い、

「うん。わたしも町方の出番じゃないと思ってしまったからなあ」

宮尾も後悔している。

「しかも、客がからんでいるとはなあ」

「しめさんたちも、捜し当てるのは難しいだろうな」

奉行所を出て、銀座四丁目、尾張町《おわりちょう》との四つ角に差しかかったとき、

「あ」

宮尾が足を止めた。

「どうした？」

「ほら、あいつ」

指差したのは、こじゃれた縦縞《たてじま》の着物を着た、痩せて小柄な男である。男は京橋のほうから来て、築地《つきじ》のほうへと曲がった。

「あいつ、誰だよ？」

「易者の喧嘩の元になったという怪しい客じゃないか。そうか、あんたは橋番の爺さんと話していて、見てなかったんだ」

「よし。後をつけよう」

男はまさか誰かがつけて来ているとは思っていないらしく、肩で風を切るように歩いている。桐の下駄を履いているが、それでも背丈はずいぶん低く見える。五尺（約一五二センチ）に足りないくらいではないか。

三原橋を渡って、采女《うねめ》が原《はら》の馬場のわきを進み、築地川を越えたところで左に折れた。ここらは武家地で、人通りも少ない。椀田は赤く塗られた牛みたいに目立つ巨体なので歩みを遅らせ、宮尾の後を追うようにした。

形をした大きな船溜《ふなだ》まり沿いに進み、明石橋《あかしばし》を渡ったすぐそばの家の戸を開け、ちらりとこっちを見たが、気にしたようすもなく、男はなかへ入って行った。

「ここが野郎の家かよ」

椀田はムッとして言った。

「ここらは確か明石町《あかしちょう》だよな」

「そうだよ」

漁師町だが、その家だけぽつんと、板葺きではなく瓦葺きのこじゃれた一軒家になっている。

周囲を見回した。

裏手が、いま見ながら来た三角の船溜まりの池で、表にあたる東と南側はすぐ目の前に江戸湾が広がっている。三方を水に囲まれていて、嵐のときや、地震のときは恐怖を感じそうだが、こういうところは夏は涼しく、冬は暖かいのだ。

網を干していた漁師を捕まえて、

「そこに住んでる小柄な男だけどな」

「ああ、弁次《べんじ》さんかい？」

「なに、してるんだい？」

「なんだろうね。身体がよくないんで、静養してるみたいなことは言ってたがね。いいとこの坊ちゃんなんじゃねえですか」

「ふうん」

そう言われると、若旦那のまま隠居したみたいな感じはする。


夕方——。

椀田と宮尾は、高句麗屋の調べのほうはさっぱり進まないまま奉行所にもどると、根岸のところへ行き、

「お奉行。しめさんたちは、易者の客を見つけましたか?」

と、椀田は訊いた。

「まだもどっておらぬが、まあ、難しいだろうな」

「それが、偶然、町で見かけました」

「ほう」

「名は、弁次と言いまして、築地明石町のこじゃれた海っぱたの一軒家に住んでます」

「弁次? 聞いたことがあるな。山越を呼んでくれ」

根岸の恐ろしいほどの記憶力である。

「へたれの弁次ですか？　小柄でがりがりに痩せた野郎ですが」

「そうそう」

椀田がうなずいた。

「ああ。体力がないので、やくざではありませんが、性根はやくざより腐ったやつです。口先だけで世のなかを渡ってきたやつで、まあ、知恵は回ります。なんとしてもしょっぴきたいやつの一人ですが、なかなか尻尾を出さないんです。危ういとなると、すぐに手を引きますし、ふだんは貧乏暮らしも厭《いと》わないんです。元は、大店の若旦那だったみたいで、商人たちのあいだでは、顔が広かったりするんです。去年でしたか、深川で流行り出したネズミ講で、野郎が始めたんじゃないかという噂はあったのですが、それも尻尾は掴めませんでした」

「そうか、そのときに聞いた名か」

「野郎がなにかしましたか？」

「うむ。先日の易者殺しにからんでいそうでな」

「そうなので」

「いまは築地明石町のこじゃれた家に住んでいるそうだ」

「明石町ですか？　このあいだまで、音羽町《おとわちょう》の裏店にいたんですがね」

「では、なにか大儲けをしたのかもしれぬな。おそらく、それと易者殺しとが関わっているに違いない」

「しょっぴきますか？　そういう野郎は、ちょっとの拷問ですぐに吐くと思いますが」

椀田が言った。

「まあ、それは最後の手段ということで、できれば真っ当な取り調べで落とそうではないか。ちと、段取りを考えよう」

根岸は拷問を好まない。腕組みして、考え込んだ。

六

「ここだよ」

椀田が、海辺の弁次の家に向けて顎をしゃくった。

「へえ、こんないいところにな」

山越達次郎もムッとした顔で言った。誰でもこんな家に、一度くらいは住んでみたい。

「先にいっちゃうよ」

そう言いながら、若い女が出て来た。派手な着物で、寝乱れたときよりさらにだらしなく帯を巻いている。

「待て、待て」

と、弁次が出て来て、人目も気にせず、女の尻を撫でた。

「やあだ、弁ちゃん」

「飯より、尻のほうがいいなあ」

はしゃぎ始めたところに、

「おい、弁次」

山越が声をかけた。

「山越の旦那」

弁次はギョッとした顔をしている。

さらに後ろには、巨体の椀田と、いかにも俊敏そうな宮尾がいるのに気づいた。

「おめえ、ずいぶんいい暮らしをしてるじゃねえか？」

「いや、狭い家なんですよ」

「しかも、いい女までできたのかい？」

女は町方の者と気づいて、慌てて首を横に振り、

「あたしは、ただ、昨夜知り合って、酔っ払って泊めてもらっただけなんですよ。この人とはなにも関係ありませんから」

そのまま逃げてしまった。三人も、見送るだけで追いかけようとはしない。

「ちっ。ああいう女は冷てえもんだな」

弁次は顔をしかめた。

「ちっと、いろいろ聞きてえんだ。上げてもらおうかな」

山越はすでに、弁次の腕を摑んでいる。

入ってすぐの部屋に腰を下ろすと、

「なんなんですか？　あっしが悪いことなんかしねえことは、旦那もご存じでしょうよ」

弁次はとぼけた顔で言った。

「いやあ、してるんだな、おめえは。ただ、逃げ足が速いだけだ」

山越が言った。ここでは、山越が問い詰めていくことになっている。

「ご冗談を」

「おめえ、なんで儲けたんだ？　どんな悪事を考えたんだ？　おめえのこったから、

つぎ込んだら、また、それで儲かっただけなんですから」

「どこの賭場だよ？」

「どっかのお大名のお屋敷ですよ。裏口から入りましてね。中間小屋《ちゅうげんごや》に行くんです。大名屋敷なんざ、どこも似たようなもので、覚えちゃいられませんよ」

「おめえ、最近、人殺しに関わったよな？」

「人殺し？　なんですか、それは？」

「白雲斎という易者が殺されたんだよ」

「江戸橋のたもとに出る八卦見ですか？」

「知り合いだよな？」

「知り合いというか、ただ客になっただけですよ。このあいだ、人相見と喧嘩をおっぱじめたので、巻き込まれたくないから、すぐに逃げて来ましたよ」

「おめえがけしかけたんだろうが」

「してませんよ、そんなことは。なんの証拠があって、そんなことをおっしゃるんで？」

「証拠か」

「ないでしょ」

「……」

じっさい、証拠はないのである。山越は黙るしかない。

「ねえ、旦那方。もう、帰ってくださいよ」

「いや。腹が減ったから、出前でも頼むか」

「出前？」

「おめえも、さっき飯食いに行くところだっただろうが」

「そこのそば屋にね。だったら、あっしがおごりますよ」

「怪しい銭でおごってもらいたくねえよ」

「じゃあ、わたしが頼んで来るよ」

と、宮尾が外に出ると、それを合図にしていたらしく、

「やってるか？」

なんと、根岸がやって来た。

「おい、お奉行さまだ」

と、山越が言った。

「げっ。赤鬼……」

江戸の闇の世界では、根岸はそう呼ばれている。逆に言うと、根岸を赤鬼と呼ぶ

「嘘はあいならぬぞ」

と、脅した。

「嘘なんざつきませんよ」

弁次は、しれっとして言った。

「では、お前の言うことが嘘だとわかった際は、即、牢に入ってもらうからな。たとえ、どんな小さな嘘でも許さぬぞ」

「へっ」

弁次は肩をすくめた。

「二人の易者が客の取り合いで喧嘩になったそうだな。その客というのが、お前だった。それは間違いないな？」

「はい」

「その日に初めて来て、取り合いになったのか？　そうではあるまい。以前から何度も易者たちのところには来ていたのだろう。ま、それは、あそこに出ているほかの露店の者に訊けばわかることだがな」

嘘をついてもばれるぞと、根岸は逃げ道をふさいでいるのだ。

「ええ。ときどき人相だの、八卦だのを見てもらってました」

「なんのために？」

「あっしは、こう見えても運命というのに興味がありましてね。いずれ、自分で自分の運勢を占ってみたいと思っているくらいでして」

「ほう、なるほど」

と、根岸は家全体を眺め回すようにして、

「それにしてもいい家だ。買ったのか？」

「とんでもねえ」

「借りているのか。店賃はいくらだ？」

「月に三分ですが」

通常、長屋の店賃などは五、六百文（およそ一万〜一万二千円）といったところである。三分といったら、その六倍近い。

「そりゃあ、大金だ。近ごろ大儲けしたわけだ。そして、その儲けに易者がからんでいたわけだな」

「いいえ、ですから、それは」

「いいから黙って聞け。易を利用して儲けるとしたら、どういうことなのか、わしも考えてみた。それで、迷っている者に、易をやらせ、決断を促すが、じつは詐欺

「なあ、山越。近ごろ、どこか大店がつぶれたという話はないか？」

根岸は、部屋の隅にいた山越に訊いた。

「芝の〈陽明堂《ようめいどう》〉という紙問屋がつぶれました。間口も十間以上あった大店です」

「つぶれたわけは？」

「火事です。仕入れたばかりの紙が、自分のとこで出した火で燃えてしまったんです」

「それは易とは関わりはないな。ほかにないか？」

「尾張町《おわりちょう》の〈丹沢屋《たんざわや》〉という薬種問屋《やくしゅどんや》もつぶれました。どうも、蝦夷《えぞ》のほうから入って来るはずの船が行方知れずになったみたいで、手付金をかなり出しちまってたみたいで、それでつぶれました。まあ、この何年か、だいぶ傾いてきていたみたいですが」

「それは取り込み詐欺だな」

と、根岸は言って、弁次を見た。

弁次の顔が青ざめてきている。

「丹沢屋は知っているな？　知らぬとは言わせぬぞ。そなたの生家のすぐ近くだからな。父親同士は知り合いだったのではないか？」

「ええ、まあ」

弁次は自分の身元がすでに調べられていることに気づいたらしく、落ち着きなく貧乏ゆすりを始めた。

「丹沢屋の番頭も知っているな？」

「知ってると言っても、顔見知り程度ですよ」

「顔見知りは大事なのさ」

と、根岸はうなずき、

「近ごろ、番頭と飲み交《か》わしたりしたのではないのか？」

「いや、まあ」

「したのだろうが。あのあたりの飲み屋で訊いてみようか？」

「あ、しました」

「どんな話をした？」

「薬の話ですよ。あっしも飲み過ぎなのか、身体の調子が良くねえもんで」

「それで、蝦夷にいい薬があるという話をしたわけだ？」

「……」

「しただろうが？」

そなたは、その夢を仕入れそうな人を知っているのか」

「知っていると言っても、蝦夷からの船が来るとかいう噂話みたいなことで」

「噂話な。面白いな。なんだか、取り込み詐欺に近づいてきたではないか」

「……」

「商人も、行き詰まって来ると迷うんだよな。縁起をかつぐ者も多いんだよ。稼業が傾いてきたとき、あっちの方角がいいだの、宝船みたいな船が来ているだの易者に言われたら、取り込み詐欺にも引っかかってしまうだろう。しかも、番頭あたりが裏切ってグルになっていたら、もうどうしようもないだろう。丹沢屋の番頭はどこにいるかわかってるのか？」

「捜しています」

山越が答えた。

「さて、そういうでたらめを言わせた易者がいるとするわな。こいつは危ないぞ。本当はかねて知り合いの人相見に言わせたかったんだが、丹沢屋の旦那は、人相より八卦を信じていたみたいでな。そこで、八卦見を利用したあと、次は人相見をけしかけて、殺させるとは、ずいぶんなことをしたもんだな。しかも、死期を言い当てるという、易者には最高の芝居をやらせたのはたいしたものだ。どれだけ口がうまいのだろうな。わしも、いろいろ悪党と接してきたが、そこまで口の回る悪党はあまりいなかったぞ」

「……」

　弁次は俯《うつむ》いてしまっている。

　と、そこへ。

「お奉行さま。小岩市川の関所で白鹿堂を捕まえたそうです！」

　しめが飛び込んで来た。

「あの馬鹿、ぐずぐずしてやがって」

　弁次は頭を抱えた。

「もはや言い逃れはできなくなったようだな。これ以上、手間を取らすでない」

「ははっ」

　これで弁次は落ちた。

　根岸は外に出た。

「お奉行さま。あたしの芝居も悪くないでしょう」

　しめが後ろから訊いた。

「うむ。千両とまではいかぬが、十両分くらいのいい芝居だったぞ」

じつは、白鹿堂はまだ捕まっていない。

捕まったのは、それから三日後であ

ほとんど、弁次の自供と一致したのだった。

七

翌朝である。

「まったく、あたしは占いをけっこう信じているんですけど、どういうんですかね、お奉行さま。運命なんかないんですか。易者は皆、でたらめ言ってお金をもらっているんですか？」

朝飯の席で、しめが真剣な顔で訊いた。

「うむ。それは難しい話だな」

「お奉行さまは、占いなんか信じてないんですか？」

しめがさらに訊ねると、

「おい、しめさん」

凶四郎は眉をひそめ、

「そういう微妙な話はやめておいたほうがよいぞ」

と、たしなめた。

だが、根岸は、

「いや、かまわんさ」

と、笑って、

「わしも運命というのはあるような気はするのさ」

「まあ、お奉行さまも」

しめは喜んだ。

「ただ、それを見極める力がどれだけ人間のほうにあるかだよな。人相や八卦でわかるのか。人間には未来を予知するような力が隠されているのか。まあ、難しいところだわな」

「だが、御前。運命があるとなると、わたしたちはなにをしても無駄、結局、なるようにしかならないということですか？」

宮尾が納得いかないという顔で訊いた。

「それはどうかな。運命といっても、かっちり決まっているわけではなく、おおまかなものだとすれば、努力次第では変えることもできるのではないかな」

「ははあ」

「となると、まあ、無理をせぬくらいの努力はつづけるべきだろうな」

「結局、そうなりますか」

うのはどういうことなのです？」

「あれか。宮尾はどう思うのだ？」

「もっとも自然な推測は、易者と元あるじが示し合わせて、元手代になにか覚悟めいたものを与えようとしたという話だと思うのです」

「なるほど」

「だが、両国橋で女を助けたというのは偶然ですよね」

「偶然かな」

「女が飛び込むふりをしていたということですか。易者と元あるじと女の、三人がつるんだ狂言だったと？」

「それはやり過ぎだし、だいたい元手代が止めなかったら、女は飛び込んで死んでしまっただろうからな」

「ですよね」

「だが、来年の六月に死ぬということで、悟りみたいな気持ちに近づいていた。となれば、両国橋の身投げでなく、ほかのことでも、困っている人間を助けようとしただろう。そういう意味では、偶然とは言えないわな」

「なるほど」

「この話の発端は、易者がいついつに人が死ぬという極端な予言をしたというところだろうな」

「確かにそうなのです。そこまで易者が言いますかね。まあ、実際、今回もあいつらは言ったのですが」

「今回のような特別な場合をのぞいても、言う場合はあるよな」

根岸はそう言って、からかうように宮尾を見た。

宮尾は、はたと膝を叩いて、

「あ、そういう予言はありますね。いついつまでに、この世が滅びて無くなるというものですね。そうなれば、当然、目の前の客もその日に死ぬことになります」

「だよな」

と、根岸は微笑んだ。

「なるほど。その手の予言ですか」

「じつは浅草から下谷にかけて、そういうことを信じたものが何人か見つかって、町方で調べたことがあったのさ。わしはまだ勘定方《かんじょうがた》にいたころだよ」

「そうなので」

「その年の六月に江戸を大地震が襲い、たいがいの者は死んでしまうという天の教えがあったのだそうな。その出どころというのが、ちと公にはできないお人だった」

―なんとか僧正とか　なんとかの宮とか？」

「そうそう。そのお人も、本気で信じていたし、人柄も善良だった。それで、誰彼かまわず吹聴《ふいちょう》することはしなかった。どうせ六月に死ぬとなったら、自棄《やけ》を起こして、悪事のし放題なんてことになりかねないからな」

「ほんとですね」

「できるだけ心のきれいな、死期を知っても、立派に命を全うできると思えた者にだけ、その予言を伝えた。浅草の易者もその一人で、易者が伝えた元手代もそういう人物だったというわけだ。そのあとの流れは、さほど珍奇なものではないだろうよ。易者も事実を告げるわけにはいかなかっただろうしな」

根岸がそう言うと、一同、深々とうなずいたのだった。

八

その夜――。

凶四郎と源次は、夜の浜町堀《はまちょうぼり》沿いの道を歩いていた。

「椀田と宮尾も苦労しているらしいな」

「そうですよね。なんせ、死んじまったり、いなくなったりしたやつばっかりでしょう」

「まったくだ。だが、こういうときは意外なところから、もつれた謎が解けたりするんだよな」

「意外とおっしゃいますと？」

「それがわかれば意外とは言えねえよ」

「確かに」

二人の足が止まった。

ボコッ。

ドサッ。

という音と低いうめき声が聞こえた。そう近くではない。さらに、
と荷物が崩れ落ちるような音がつづいた。

「嫌な音だな。まともに働くやつが立てる音じゃねえ」

「ええ。どこでしょう」

凶四郎は闇に目を凝《こ》らした。月はなく、雲が垂れ込めて星明かりもない。提灯の明かりが届くのも数間《すうけん》先までである。まして、しばらく提灯の明かりで見てしまうと、逆に闇を見透かすことが難しくなる。

「明かりを消してくれ」

「へい」

源次が提灯の明かりを息で吹き消した。

しばらくして闇に目が慣れてくる。凶四郎は動き出している。掘割《ほりわり》の水音がうるさいくらいに聞こえている。

倒れている男がいた。六尺棒が転がっている。奉行所の中間らしい。

「おい、しっかりしろ」

さっき倒れたのは、この男だったのか。

「うっ、うっ」

「しっかりしろ。斬られたのか？」

「刺されました」

腹がべっとりと濡れている。かなりの血が流れたのだ。さっきの音は殴られたような音だったので、この中間が襲われた音ではない。

「ほかに誰かいるのか？」

「若山の旦那が……」

そこまで言って、がくりと首が落ちた。

「若山忠兵衛がいる。源次、気をつけろよ」

「ええ」

源次は左手に十手を握り、右手につぶてを持っている。顔面につぶてをぶつけると同時に、十手を首筋に叩きつけるか、転がりながら向う脛《ずね》を払うのだ。
凶四郎も刀を抜き、ゆっくり息をしながら進んだ。

ぎっぎっ。

と、掘割のなかで、櫓《ろ》を漕《こ》ぐ音がし始めた。掘割に目を凝らす。猪牙舟《ちょきぶね》はすでに遠くへ行っている。反響するので近くに聞こえるが、舟は遠い。何人か乗っているのか。だが、人影は見えない。しばらく流れにまかせておいて、遠くに行ってから櫓を使い出したのかもしれない。

「追いますか？」

「そこらに舟はあるか？」

「駄目です。だいぶもどらねえと」

「じゃあ、無理だな。もう大川に出ちまうよ」

それよりも若山がどこかにいるはずなのだ。

組合橋《くみあいばし》を過ぎてさらに進むと、道に男が倒れていた。ぴくりともせず、背中に刃物が突き刺さっているのも見えた。

頭が陥没《かんぼつ》し、血や脳漿《のうしょう》もこぼれている。櫂《かい》みたいなもので、殴りつけられたに違いない。さっきの音はこれだったのだ。

顔を確かめると、やはり若山忠兵衛だった。

周囲を見回した。

ここらは大名屋敷ばかりで、辻番すらない。

「あんた、こんなところでなにしてたんだよ？」

そう言った凶四郎の声が、迷子のように闇のなかを彷徨《さまよ》った。

第四章　心中の二人は二度化ける

一

朝の永代橋《えいたいばし》も、日本橋ほどではないが、相当に混み合うものである。ただ、人の流れは西詰から深川のほうに来る人より、深川から西に渡る人のほうが圧倒的に多い。そうした人たちがあちこちで、下の流れに目をやったりしながら、こんな話をしていた。

「また出たってよ」

「またって？」

「昨夜、亥《い》の刻《こく》（午後十時）ごろ、この橋の下を小舟が流れていたんだと」

「おい、まさか？」

「そう。それには、

「ただの男と女のいい仲じゃねえのか？」

「乳繰り合ってたってか？　違うんだよ。じいっと、死んだみたいに動かねえ。橋番がそれに気づいて騒ぎ、舟を出して調べたが、そんな舟は見当たらなかった。闇夜のどこかに消えちまったんだと」

「それって、幽霊の幽霊かよ」

この噂はたちまち広まった。

瓦版も書かないわけがない。前回、死んだはずの二人の心中死体が見つかったときと同じくらいの瓦版が、江戸中に溢れた。

曰く。

「幽霊心中ふたたび」

「また出た小菊藤右衛門」

「心中の二人は二度化ける」

しかも、瓦版が出たその日の夜のうちには、幽霊は今宵も出るかもしれないと、永代橋に野次馬が集まった。

その数は、江戸中の瓦版屋も入れて、三百人ではきかなかった。

奉行所側は、こんな騒ぎが嬉しいはずがない。幽霊心中の一件の調べは、まったく進んでいないのである。それればかりか、その調べにからんで、北町奉行所の定町回り同心が殺されてしまった。

「町方はなにをしてるんだ?」

そういう声も聞こえてきている。

「これ以上、騒がせるな」

町回り担当の与力の叱声《しっせい》で、夜回り同心の土久呂凶四郎はもちろんのこと、しめや雨傘屋も駆り出され、永代橋の野次馬を追い払った。

しかし、「永代橋を渡るな」とは言えないのである。立ち止まって、川面《かわも》をのぞき込むことは禁止できるが、せいぜい、

「ほら、もうちっと速く歩け」

くらいしか言えない。

もっとも、凶四郎たちだって、本当に出るのか見てみたい。ついつい川面に目をやっては、つまらなそうな顔を装って、橋の上を行き来するばかりだった。

当然、この話は南町奉行の根岸肥前守にも伝えられた。

だが根岸は、いまはそれどころではないとでもいうように、軽くうなずいただけであった。

二

その根岸だが――。

――いい悪党を捕まえたものだ。

と、ほくそ笑んでいる。

弁次のことである。

「ああいうやつは、江戸の闇のなかで起きていることを、わしらよりずいぶん知っていたりするのさ」

宮尾にはそうも語った。

「悪党同士で語り合ったりするのでしょうか？」

宮尾には、そのあたりの事情がわからない。

「語り合ったりはしないさ。だが、山道で言えば、あいつらは獣道を歩くんだよ。その獣道の道筋とかようすなどがわかっているのさ」

「なるほど」

「では、ちと訊ねて来るか」

弁次は小伝馬町の牢ではなく、南町奉行所内の牢に入れてある。もちろん、根岸が話を聞くために、そうしてあったのである。

根岸は、牢の前にどかりと座った。離れたところに牢番士はいるが、檻を挟んで向かい合ったのは根岸だけである。

「どうだ。飯は食ったか？」

「ええ。ありがたくいただきましたよ」

穏やかな顔になっている。下手人というのは罪を認めてしまうと、いったんこういう顔になったりする。ただ、裁きが近づくと、また元の悪党面になったり、恐怖に憑《と》りつかれたり、なんとか罰を軽くしてもらおうと狡猾な顔つきになったり、いろいろ違ってきたりもする。

「裁きの日まで、ちと訊きたいことがあってな」

「お奉行さまがわざわざですかい？」

「うむ。なにせ情状酌量を判断できるのはわしだけだからな」

根岸がそう言うと、弁次の顔が変わった。情状酌量とはどういう意味だろうと、根岸の表情を窺い始めた。

「まずは、お前がやった取り込み詐欺だがな。わしには、あんなことができるのか、信じられないところもあるのさ」

「でしょうね。ところが、船運がらみの取り込み詐欺ってのは、陸の上のことより

「要は、ちゃんとしていねえんですよ。帳簿というか、船の管理というか、そういったあたりがね」

根岸の盟友である五郎蔵が聞いたら、憤然とするようなことを言った。だが、あるいは五郎蔵も納得するのかもしれない。

「どういうことだ？」

「お奉行さまは、海には幽霊船がいることをご存じですかい？」

弁次は斜めの笑みを浮かべて訊いてきた。

「ああ、知っているさ。どっちの幽霊船だ？　漂流して船乗りも死に絶え、化け物の住処《すみか》になったやつか？　それとも、正体不明、神出鬼没ではあるが、じっさいに荷物を運んでいる廻船のほうか？」

「さすがですね。後のほうですよ」

「なんで、お前が知っている？」

根岸は強い目で弁次を見た。

じつは、そのことは町奉行所だけでなく、お船手《ふなて》組《ぐみ》や、勘定方などにとっても急所の一つとなっているのである。

「なぜなんだ？」

「あっしの家はもともとは、尾張町で海産物問屋をしていたんですよ。あっしが十二のときにつぶれましたがね。おやじは取り込み詐欺にあった心労で、ぽっくり逝っちまったんです」

「そうか。海産物問屋だったのか」

「そのころ、子どもながらに、小耳に挟んでいたんです。幽霊船が運んでくる蝦夷地のコンブや塩漬けの貝があるってね。おやじは、それに引っかかったみたいでしてね。そのことを思い出して、いろいろ聞き回ると、いまもあるというんですよ。お上もちゃんと把握できていない船がいっぱいいね。それじゃあ、それを利用したら、来るはずの船が来なかったことにもできる。お上だって、取り込み詐欺なんか防ぐことができるわけありませんよ」

「……」

それは弁次の言うとおりなのだ。

船の管理というのは難しく、いったいどれだけの廻船があって、どういう荷物を運んでいるのかなど、ほとんど把握できていない。

というのも、各藩でつくられた船も、海に出てしまえばどこの船かわからないし、名前などもどうにでも変えられるのである。沈んだことにもできれば、改装したこ

「そういう船と手づるができれば、取り込み詐欺もやれてしまうわけです。こう言っちゃなんですが、あっしは、おやじの仕返しをしたかったんですよ」

そう言って、弁次は媚びるような目つきで根岸を見ると、

「あっしもおやじがあんなものに引っかからなければ、いまごろはまともな商いをやっていたんでしょうね」

いささか見え透いたような口調で言った。そうかもしれないし、口が先に立ったような姑息《こそく》な商売をしていたかもしれない。弁次の悪への傾斜が、どこでどう始まったのかには、いろんな要素が関わっていたはずなのだ。

「まあ、そこらは裁きの白洲で、話が出るかもしれぬわな」

「あの易者たちだって、自分の欲で、他人の運命を弄んできたんですぜ」

「そういうこともあっただろうな」

「天罰ですよ」

「お前は？」

「そりゃあ、あっしも天罰は下るでしょう」

根岸はもともと、むやみに死罪を申しつけることは好まない。というか、できるだけ回避してきた。罪にいたるまでの道に情状酌量の余地があり、罪を悔《く》い、さら

に生きてこの世のために尽くすことができるようなら、一等を減じることもしてきたのである。

ただ、弁次がそれに値するかは、まだわからない。

「それで、お前の手づるってのは？」

「手づるはありませんでしたよ。ただ、口先で手づるがあるようにしただけでね。溺れる者が摑む藁ですよ」

「なるほどな」

「口はうまいんです。もっとも、力はねえ。親の助けもねえ。口くらいしか、あっしの取り柄はなかったんです」

「そんなのはお前だけではないわ」

「まったくです。でも、ちゃんとした手づるはつくれませんでしたが、あの世界についてはずいぶんわかったこともありましたよ。いま、騒ぎになっている幽霊心中の高句麗屋。あれも、そっちの男ですぜ」

「だろうな」

根岸はニヤリとした。じつは、そっちのほうでもわかることがあるのではないかと、期待していたのである。

「なんで、そんなことをしたかですよね」

「取り込み詐欺を追及されていたからか？」

「奉行所は、追いかけていたんですか？」

　少なくとも南町奉行所ではしていない。北町奉行所でも、奉行が把握している限りではなかった。ただ、その後、殺された北町奉行所の同心若山忠兵衛が、そこに迫っていたのかもしれない。

「やつが押し込みに襲われたふりをしたときは、取り込み詐欺の追及まではやってなかったはずだ」

「やっぱり」

「なぜ、やっぱりなんだ？」

「幽霊船がらみですよ。でも、高句麗屋は大元じゃねえ。その上がいるんです」

「ほう」

「そいつらは、もっと大がかりですぜ」

「話せ」

「思い出させてください。忘れちまったこともあるんで」

　弁次の顔に狡猾さがもどっている。

「では、思い出したら番士に告げてくれ」

根岸はそう言って、檻に背を向けた。

三

椀田と宮尾は今日も、高句麗屋と小菊の手がかりを求めて歩き回るつもりだが、役宅から出てきたばかりの椀田の手には、昨日と今朝、買い求めた十数種の瓦版がある。近ごろは売り子を見つけるたびに買ってしまうらしい。

「まったく、こいつらもよくも適当なことを書くよなあ」

瓦版はまだ、幽霊心中のことでもちきりである。

「嘘八百ばかりかい？」

宮尾は椀田から受け取って、ざっと目を通す。

「これは、双子説かあ。高句麗屋も小菊も、どっちも双子の弟妹がいて、互いに兄と姉を失っていることで恋仲になり、ついに心中に至ったのかもだとよ。最後、かもにすれば、どんな話でもできるよな。あっはっは」

「笑ってる場合かよ」

「確かに」

芸の話ばっかりだぞ」

「芸能ネタは売れるらしいからねえ」

「そっちの坊主の絵がはいったやつがあるだろう。それなんかは、成仏できない理由を、深川のなんたら寺の住職に聞いたとかで、延々、説教話だよ。そこはもうネタが尽きたみたいだ。そのくせ、昨日の永代橋の下に出た幽霊舟の話は、橋番のおやじの話をずいぶん詳しく書いていやがる」

「ん？　これは？」

　宮尾が、瓦版のうちの一枚を椀田に見せた。

「ああ、〈文の春〉か。ここはよく調べているよな。それはまだ読んでなかった。なんか、面白いことが書いてあるか？」

「小菊の話だが、『あれは、四《し》海屋《かいや》さんの娘だ』と証言した人がいるらしいぞ。その〈四海屋〉というのは、廻船業者や、唐物《からもの》や海産物などを扱う商人には、伝説の大商人として知られた男で、その娘といえば、世が世ならたいしたお嬢さんであるはずなのに、それが芸者をしていたのは可哀そうだと話していたとある」

「芸者が可哀そうかよ」

　椀田は不満げに言った。愛妻の小力も、根岸の想い人である力丸も芸者をしていて、二人とも可哀そうと思われるような暮らしはしてこなかった。

「豪商の娘にしては、だろ」

「まあ、いいや。そのネタ元を教えてもらおうぜ」

「話すかね」

「かわりに、こっちもいいネタをばらすしかないだろうな」

「文の春はどこにあるんだ？」

「たしか麹町だったな」

椀田と宮尾は、お濠《ほり》沿いに、麹町へと向かった。

場所は、紀伊徳川家の近くで、近くの床屋で訊くとすぐにわかった。売れているせいか、庭までついた洒落た家である。

顔を出すと、見覚えのある男がいた。

「これは椀田さま」

「よう。じつは、これ、読んだんだけどな」

「ありがとうございます」

「四海屋ってのが気になってな。なんだよ、伝説の大商人て？」

「あっしもそっちのほうはよく知らなかったんですがね。まあ、うちの瓦版は商人

「あっしらは、ネタ元は教えねえってことにしてるんですがね」

「別になんかの下手人てわけじゃねえんだろう？」

「そりゃ、まあ、堅気の人ですよ」

「次は、いいネタを洩らしてやってもいいんだがな」

じっさい、瓦版の連中とは、持ちつ持たれつというところもある。

「わかりました。じつは、この近所のご隠居さんでしてね。あっしは、たまたま湯屋の知り合いだったんですが」

と、近くの隠居を教えてくれた。

訪ねると、猫を何匹も飼っている、穏やかそうな隠居で、

「ああ、はい、あれね」

と、勿体ぶることもなく話してくれた。

「あたしは小船町《こふねちょう》で長く薬問屋をやっていましてね。数年前に亡くなったんですが、同じ小船町で海産物問屋をしていた遠州屋さんという方と友だちで、ときどき何人かの仲間といっしょに、お座敷で芸者を呼んで飲んだりしていたんです」

「遠州屋……」

椀田は宮尾を見た。

「ほら、土久呂が聞き込んできていた小菊の保証人になったって人じゃないのかい」

「あ、そうか」

二人の話を聞き、

「そうです、そうです。遠州屋さんが見るに見かねて、置屋で身元を保証してあげたと言ってましたよ」

「そうなのか」

「遠州屋さんは、四海屋さんと取引があってね。あたしも、直接の取引はなかったけど、四海屋さんのことは知ってました。それで、小菊も三度ほどですか、お座敷に呼んだことがありました」

「そうだったのか」

「四海屋《しかいや》洋《よう》右衛門《えもん》さんというのは、不思議な商売人でしてね。我々商人というものは、のれんを大事にしますわな。武士が家を大事にするように、です。ところが、四海屋さんの商売は、まったく違っていました。のれんなどは、いくらでも掛け替えることができるという考えだったのです」

「どういうことだい？」

椀田は不思議そうに訊いた。

もしれません。それぞれの店は、四海屋さんの指示を受けて、番頭が動かしてたのですが、どこもさほど大きな店構えではありません。江戸店などは、浜町河岸のところにあったのですが、間口はせいぜい二間くらいで、いちおう蔵もありましたが、なんせ扱う品物はすぐ売れてしまいますので、そう大きな蔵は必要なかったのでしょうな。面白いのは、出店といっても、名前が違ったりするのです」

「名前が違う？」

「四海屋じゃないのですよ」

「出店なのに？」

「ええ。江戸店は、〈百済屋《くだらや》〉でした。大坂は、〈揚州屋《ようしゅうや》〉だったかと。四海屋という店はたぶんどこにもなかったと思います」

「なんだ、そりゃ？」

「本店は、船の上。つまり四海屋洋右衛門さんがいるところなんです」

「高句麗屋というのは、四海屋の出店のなかにあったかい？」

「あたしは、江戸店と大坂店しか知りませんでしたが、あったのかもしれませんね」

「とすると、高句麗屋と小菊もつながるかもしれねえな」

椀田が宮尾を見てそう言うと、隠居は膝の上の白猫を撫でながら、

「あたしもそう思ったんですよ」

と、言った。

「でも、そんなことで商売がやれるのかね？」

宮尾が訊いた。

「やれるはずだったのですが、やっぱり百済屋は番頭が裏切りましたね」

「なにかやったのかい？」

「取り込み詐欺ですよ。それで、五百両を手にして逃げました。でも、四海屋さんにとって五百両など、はした金だったでしょうな」

「四海屋洋右衛門は生きてないよな？」

椀田が訊いた。

「亡くなってます。もう、二十年以上経ちますよ」

「小菊のことだけどさ、上方訛《なま》りがあったと聞いてるんだがね」

と、宮尾が言った。

「あ、そうです。小菊は大坂で育ったそうです」土久呂が置屋の女将から聞き込んだ話である。

「やっぱり、そうかい」

「四海屋さんというのは、出店のあるところに女がいたみたいで、子どももずいぶ

たんだけど、まもなく病で亡くなってしまったそうです」

「小菊はどうしたんだい？」

「江戸で頼ったのが、四海屋の江戸店である百済屋だったのです」

「裏切り者の番頭の店か」

「ええ。あたしもそこらは詳しくは知らないのですが、母に死なれたうえに、百済屋には、器量がいいのが仇になって、吉原に売られそうになり、見知っていた遠州屋さんに助けを求めたんだと思いますよ」

「なるほどね」

これでぼんやりとだが、小菊のいままでの足取りが見えてきた。

あとは、なぜ玉木屋に呼ばれたのか、どうして炎のなかを脱出できたか。なぜ、高句麗屋と心中する羽目になったかだが、どうすればそれが突き止められるのか。

このご隠居もそこまではわからない。

「さて、どうしたもんかな」

椀田が宮尾を見ると、

「なにしてるんだ、お前？」

やけに後ろのほうでみゃあみゃあ言っていると思ったら、いつの間にか、隠居のところの猫が五、六匹、宮尾の肩だの背中だの膝だのに乗っかって、ごろごろ喉を鳴らしているではないか。

「なんかなつかれちまったみたいでさ」

宮尾は、困った顔で言った。

四

しめと雨傘屋は、この夜も永代橋に来ていた。またも現われた高句麗屋と小菊の幽霊騒ぎを収拾するためである。これにはしめの娘婿である神田の辰五郎《たつごろう》親分まで駆り出されたものだから、顔見知りの大勢の下っ引きたちから、

「どうも、しめ親分」

「しめ親分、お疲れさまです」

などといちいち挨拶されるのが鬱陶《うっとう》しいくらいだった。

今日は昼もずっと、小菊を贔屓《ひいき》にしていた旦那衆の話を聞いて回っていたので、疲れも出てきている。

「もう辰五郎にまかせて、帰ろうか」

「そうしましょうか」

「ひえっ」

近くにいた若い娘の、息を飲む声がした。この娘も幽霊見物に出てきていたのだ。

「どうしたい？」

しめが訊いた。

「あれ、あれ」

橋の下を指差した。

「どこ？」

しめは欄干に身を乗り出して川面を見下ろすが、暗くて見えない。少しでも顔を水面に近づけようとして、落っこちそうになってしまう。

雨傘屋が提灯を突き出すようにしても、明かりは川面まで届かないのだ。

「こういうときは、提灯に頼っちゃ駄目だね」

「へい」

「そっちだ」

橋の下流側に回った。

闇に目を凝《こ》らすと、かすかに見えた。舟に横たわった男女。白い着物。顔も表情や造りまではわからないが、やけに真っ白い。

「出た、出た！」

しめは大声を上げた。

「出たのか」

「こっちだ、こっち」

ここは、橋の真ん中より、やや霊岸島《れいがんじま》のほうに寄ったあたりである。

「どこだ、どこだ？」

駆けつけて来たのは瓦版屋だった。

「ほら、あれ、あそこ」

「ええっ」

暗いのと、川の流れが速いのとで、たちまち見えなくなる。

それでも、永代橋の上は大騒ぎになった。

箱崎あたりを見回っていた凶四郎と源次も、この騒ぎを聞きつけて駆けつけて来た。もちろんもう幽霊舟は影もかたちもない。

「お、しめさん」

「土久呂の旦那も来られてたんですか？」

「いや、おいらたちは別の用だよ」

若山忠兵衛殺しは、北町奉行所がやっきになっているが、凶四郎も気になって、あの殺害現場の周辺を夜通し歩き回っているのだ。

「それより、また出たのかい？」

「ええ。下では、橋番が待機させておいた舟を出したみたいですが……」

たしかに、三人ほど乗り込んだ舟が提灯で川面を照らしながら、ぐるぐる旋回している。

「駄目だ」

「いねえなあ」

などという声も聞こえてくる。

「まったく幽霊も人騒がせだよ」

いつの間にか、二百人近い野次馬が、川の下を眺めているではないか。

しめも野次馬を追い払う仕事はすっかり忘れて、

「ほんとにこの前の幽霊なんでしょうかね？」

と、凶四郎に訊いた。

「違うだろう」

と凶四郎は言ったが、あの二人のきれいな死体を見てしまったあとは、幽霊になっても不思議はないような気がしているのだ。浄瑠璃などでさも心中が美しいものみたいに描かれるが、そんなわけがないと思っていた。だが、あの心中の死体や表情などは、心底きれいだと思ってしまった。それは、自分でも意外だった。

「親分、大丈夫です」

と、急に雨傘屋がいきり立ったように言った。

「なにが大丈夫なんだよ?」

「今度、見つけたら、正体を確かめる方法を考えましたので」

雨傘屋の目がきらきら光っている。

五

翌朝——。

根岸は、椀田と宮尾から、小菊と四海屋のつながりについて報告を受けた。

「四海屋か」

根岸は過去へさかのぼっていくような目をした。

「ご存じでしたか?」

椀田が訊いた。

「いや、名前を聞いたことがある程度だ。なにせ、ずいぶん前に死んだ男だからな」

さらに、凶四郎からは、浜町堀界隈を回っているが、怪しいやつらとは出くわさ

「雨傘屋が今度こそ正体を確かめると息巻いています」

「そりゃあ、楽しみだ。目印でもつける気かな？」

「なにをするつもりなのか、訊いても言わないんですよ。勿体ぶっちゃって」

「まあ、雨傘屋のことだ。面白い手を考えたのだろう」

と、根岸は笑った。

それから根岸は私邸を出ると、奉行所の牢へ向かった。

弁次は根岸を見ると、すぐに居住《いず》まいを正した。

「そなたに訊きたいが、四海屋という商人の話を聞いたことはあるか？」

「四海屋……」

「知らぬならよい。嘘は聞きたくない」

「息子が後を継ぎたがっているとは聞きました」

背を向けようとすると、

「ほう。知っていたか」

「いや、知っているとは言えません。なんせ、ずいぶん前に亡くなった伝説の商人でしょう。うちの番頭だった男から聞いたことがあります。近ごろ聞いた話は、何人かいる息子たちが、跡目争いをしているとかいう話です」

「跡目争い？」

「ええ。四海屋てえのは変わった商売のやり方をする男で、いろんなところにある出店と廻船を巧みに操って、莫大な儲けを生み出すんだそうです。しかも、儲けた分は次の出店と船の購入に使うとかで、金はそんなに持っていなかったとも聞きます」

「なるほど」

「跡目を継ぐというのは、結局、各地に残る出店をもう一度、操ることなのでしょうが、よほどの遣《や》り手でなければ無理だという噂でした」

「ふうむ」

弁次がそんなことを知っているということは、四海屋の二代目を狙うやつは、闇の世界にも片足を突っ込んでいるということだろう。

「あっしが知っているのはそんなところです」

「うむ。助かった」

「お奉行さま、なにとぞ」

言いかけるのを、

「裁きを待て！」

強く言い放って背を向けた。

さらに根岸は、亀の一件で知り合った大坂の札差　曽根崎屋信右衛門のことを思い出して、御米蔵通りの店を訪ねることにした。椀田と宮尾を伴っている。

「これは根岸さま」

「亀は元気かな？」

「おかげさまで、あれからは特になにごともありません。町方が警戒してくれていることに気づいて、諦めたのでしょうか」

「そういう場合もあるが……」

「このたびは違いますので？」

「うむ……」

根岸は瞬時迷ったが、亀が襲われた訳がわからないままでは、いつまでも心配することになるだろうと思い、

「おそらくあの〈鶴の神、亀の神〉の絵が欲しい誰かが、縁起をかつぐそなたに、亀の絵は縁起が悪いと思わせたかったのさ」

と、言った。

「そうなので！　確かに手に入れたいとは思っておりましたが……」

「あの絵が江戸に来ることは、ずいぶん噂になっていたからな」

まさか、松平定信を疑うことはないはずである。

「では、贋作だとわかったし、もう安心していいわけですね」

「もちろんだ。ところでだな、あんたは、四海屋という商人のことを知っているかい？」

「ああ、存じております。いまや、伝説の商人ですよ」

「大坂でも知られていたのかい？」

「江戸よりも、むしろ大坂のほうが有名でしたでしょう。だが、知られていたのは四海屋ではありませんよ。出店なのですが、揚州屋を名乗っていました。四海屋は、出店に四海屋を名乗らせないことで仲間うちでは有名でした。のれんよりも、実益を取るという商売なのです。大坂商人にはとても考えられないことでしたよ」

「高句麗屋はなかったかい？」

「ああ、高句麗屋は確か、馬関の出店だったのでは？」

「なるほど」

「まさか、いま騒ぎになっている幽霊心中の高句麗屋が？」

「それはまだわからぬのさ。曽根崎屋は、四海屋と会ったことは？」

「堂島の米相場にちらりと姿を見せたことがありまして」

「堂島のな」

江戸で言えば蔵前みたいなところだが、米相場が盛んなことでは蔵前すら比べも

のにならない。そこに群がる連中を、堂島すずめと揶揄するむきもあるらしい

「あれが噂の四海屋だよ、と教えられました」

「どんな男だった？」

「なんと言いますかね。海難事故で亡くなるほんの少し前のことでしたが、独特の雰囲気がありました。背が高くて、きりっとしたいい男で、五十は超していたはずですが、なんだか南蛮人みたいな雰囲気もありました。じっさい、南蛮人の血も入っていたんじゃないですかね。港々に女がいるとも聞きましたが、あれはほっといても女が群がるでしょう」

「羨ましいな」

「まったくです」

「近ごろ、倅が跡目を継ごうとしているらしいのだがな」

「それが高句麗屋だったので？」

「そのあたりはよくわからんのさ」

「大坂には、娘がいると聞いた覚えはあります」

「その娘のことは？」

「いやあ、いると聞いただけで、詳しいことはなにも。なんなら、手前の大坂店にでも問い合わせましょうか？」

「ちと、急ぎでな」

「そうですか」

「それと、もう一つ訊きたいのだが」

じつは、こっちがいちばん訊きたかったことなのだ。

「なんでしょう？」

「借金に苦しんでいる大名で、浜町堀あたりに屋敷を持つ者はおらぬか？」

「ああ、いらっしゃいます」

曽根崎屋は俯いて言った。

「そなたもだいぶ貸しているわけだ？」

「はい」

「名は？」

「それはご勘弁いただきたいのですが」

「そうか」

「わたしは四海屋さんと違って、のれんも大事ですし、信義というのも守らなければなりません」

「それはそうだ。だが、催促はせんのか？」

「露骨にはしにくいですが、ご挨拶には伺ったりはいたします。今日あたりそろそろ伺おうとは思っておりましたが」

　これが曽根崎屋の精一杯の好意なのだ。

「なるほどな。いや、助かった」

　根岸は、にんまりしてうなずいた。


　根岸は曽根崎屋を出ると、椀田と宮尾とともに近くのそば屋に入った。

「御前、もう空腹になられたので？」

　宮尾が訊いた。

「わしは空いておらぬ。いまから、曽根崎屋が出て来るので、ここで見張るのさ。そなたたちは頼んで、わしの分も食べてくれ」

「では、遠慮なく」

と、宮尾はざるそばを三人前頼んだ。

　そのそばが来るとすぐ、

「あ、出てきた」

　曽根崎屋が小僧を一人伴って、外へ出て来た。

「つけるぞ」

　宮尾と椀田は、もったいないとばかりに、ほとんど一口でそばをかっこんだ。

後をつける。蔵前から浅草橋を渡り、途中、菓子屋で菓子折りを贖《あがな》い、馬喰町《ばくろちょう》まで来ると、浜町堀で左に折れた。久松町《ひさまつちょう》から先が武家地になる。

小川橋を渡って反対側をしばらく進んで、脇道に入ると、かなりの門構えの大名屋敷で門番に訪《おと》ないを入れ、なかへ入って行った。ご挨拶と、さりげない催促をするのだろう。大名が借金を踏み倒すことはないが、お取り潰しにでもなれば、取りはぐれてしまう。

戸が閉じられるとき、ちらりと後ろを見たが、根岸たちに気づいたかどうかはわからない。

「御前、ここは？」

宮尾が訊いた。

「うむ。そのあたりだったろう」

根岸はいま入って来た道の出口あたりを指差した。

「あ、北町の若山が殺された現場ですよ、あそこは」

椀田が言った。

「そうなのさ。なぜ、こんなところに町方の同心がいたのか、その訳に迫りつつあるみたいだな」

「ということは、この屋敷の者が？」

「御前、この藩は？」

「名は秘密にしておこう。海に面した某藩だ。藩主の乱脈ぶりなどの噂は聞かぬが、旱魃《かんばつ》がつづいたりしたので、藩の財政は思わしくなかったのだろう。そういうとき、なまじ海に面していると、危うい儲け話に手を出しかねないのだろうな」

「なるほど」

「御前、いま気づいたのですが、ここはなんと」

宮尾が道を挟んだ前の屋敷を指差した。

「あれ？　もしかしてここは小野江内蔵助の屋敷の裏ではないか」

椀田が目を丸くした。お化け雪駄の騒ぎのもとになった馬鹿旗本である。

「そうか。ここか」

根岸もそこまでは計算外だったらしい。

「もう処分は下ったのですか？」

「いや、まだだ。評定所《ひょうじょうしょ》の用事が立て込んでいてな。だが、目付のほうで調べると、ほかにもだらしないことをしていて、取りつぶしは確実だ。奥方もすでに逃げてしまい、当人もこのなかで謹慎中だよ」

「そうですか」

「そうか。小野江の屋敷がそこか。となると、見張るにはぴったりではないか」

根岸はにんまりした。

六

小野江内蔵助の屋敷は、いま、目付の管理下にある。

そこで根岸は、目付の愛坂桃太郎のところへ使用許可を願いに行くと、

「あ、そういうことでしたら、どうぞ、どうぞ」

なんなく了承してくれた。

「あるじの小野江には断わらなくてよろしいのか？」

根岸は愛坂に訊いた。

「ふっふっふ。いいんですよ。勝手に使ってくれて構いません。それより、大名家を見張るとは、根岸さまもなかなか大胆ですな」

「なあに、大名家を見張るわけではない。出入りしている海賊みたいなやつらを見張るだけだ」

「なるほど。手が足りなくなったら、お手伝いいたしますぞ」

愛坂は、江戸でも指折りの一刀流の遣い手と聞いている。

「いやいや。今回は、町方だけで充分でしょう」

夕方になって――。

小野江の屋敷に、宮尾玄四郎、椀田豪蔵、土久呂凶四郎と源次に加え、定町回りの山越達次郎の五人が入った。

庭の奥に脚立を二つ置いた。ちょうど裏の屋敷の門から玄関口が眺められる。

「よし、これで悪党が来るのを待つばかりだ」

と、椀田が言った。

「いやあ、四海屋がからんでいたとは、おいらは迂闊《うかつ》だったよ」

山越は反省ひとしきりである。

「なあに、二十年以上前に死んだ男だもの、しょうがねえよ」

椀田は同僚を慰める。

「だが、四海屋の商売を当て嵌《は》めると、このところ多かった大口の取り込み詐欺についても納得がいくんだよ」

「そうなの？」

「四海屋の船は、いろんなところから来て、船の名前もばらばらだ。同じ出店同士だとわかっているが、取引先の海産物問屋だの、唐物問屋、書物問屋、薬種問屋などからすると、なんだかわからないことになる」

「そりゃそうだわな」

「四海屋のほうも、もともと、そこが狙いだった。抜け荷の品を運ぶにも、大名家の秘密の名産品を運ぶにも、ばれずにやれるからな」

「なるほど」

「ところが、そこに悪いやつもからみやすい」

「四海屋の嘘の出店に化けたりするわけだ？」

「ああ。まずいのは、四海屋が運ぶのは、どれも一級品、いいものばかりだ。ご禁制のものもある。とにかく高値で売れるわけさ」

「だろうな」

「まともな商売をやっている商人も、喉から手が出るほど欲しいが、悪党もからみやすい。まあ、取り込み詐欺は十件に一件だったとしても、つい、手を出したくなるよな」

「とすると、今度の幽霊心中に関わっていた商人たちは、どうなるんだ？」

凶四郎がわきから訊いた。

「まだ、よくわかっていないところもあるが、四海屋の何人かいる息子たちのあいだで、跡目争いが起きている。お奉行はおそらく三人くらいだろうと踏んでいる。

「ははあ」

「おいらがおいかけていた玉木屋六兵衛は四海屋の息子に近づいて、その一人と組んで、取り込み詐欺をやらかしていた。あの舟宿があったところは、もともと四海屋の江戸店だった百済屋があったところなんだ」

「そうなのか」

「それは今日、わかったんだがな。玉木屋は小菊が四海屋の娘と知って呼んだんじゃないか。それで、そのころから抜け穴みたいなものはあり、舟宿の者がそれを使って、旧知の小菊を助けたのだろうというのが、お奉行の推測だよ」

「なるほどなあ」

「だから、玉木屋の遺体は本物で、もう一つの骨はあらかじめ用意されてあったのだろうと。つまり、百済屋はいざというときは建物に火をつけ、死んだふりして逃げると、そういう手立てを用意してあったのだろうというのさ。それはおそらく、琉球だの、清国だの、ルソンだのでは、ずいぶん利用価値があるもので、同じことをわが国の出店にも用意しておいたのではないかと」

「凄いな」

「おいらも、四海屋の凄さを思い知ったよ」

凶四郎が山越の話に感心していると、

「誰か来ましたよ？」

見張っていた源次が小声で言った。

「どれどれ？」

源次と山越が替わり、椀田も脚立の上に乗った。

「ははあ」

町人らしき三人が、訪ねて来たところだった。いかにもあるじと手代が二人といった見た目である。

「ん？　まともな出入り商人か？」

と、椀田が言うと、

「まともな商人がこんな夜中に来るわけはねえ。三人ともいい身体をしてるぜ」

山越は断言した。

「確かに」

すでに連絡はついていたらしく、三人は屋敷のなかへと入った。

それから四半刻（三十分）ほどして、さっきの三人が玄関に出て来た。今度は、屋敷の用人らしき武士も、玄関口まで出て来ている。

と武士が言った

「わかりました。千二百両は用意してありますので」

あるじふうの男がそう言ったので、山越と椀田は思わず顔を見合わせた。いったいなにを運んでくるつもりなのか。

「よろしく頼む」

外へ出て来たところに、

「おいおい、いいのかい？　ずいぶんあぶねえものを大名家に運ばせたりして」

急いで裏門から外に出た凶四郎が声をかけた。後ろに山越と源次がいる。

「なんだ、てめえらは？」

あるじふうの男は、商人らしくない口を利いた。

「町方だよ。あんたらに殺された同心の仲間だよ」

三人は顔を合わせた。

「知るもんか、そんなことは」

言いながら、手代ふうの男の片割れが懐に手を入れた。

「出してみろよ。その腕を叩き斬ってやるぜ」

凶四郎が刀に手をかけた。

この前と違って、櫂のような武器は持っていない。

「逃げろ」

三人はいきなり後ろへ駆け出したが、

「あいにくだな」

先回りしていた椀田と宮尾が立ちはだかっていた。

七

同じころである。

「出たっ」

永代橋の上で声がした。恐怖よりは、嬉しい驚きが勝ったような声である。今宵も、野次馬が大勢出て来ていて、そのうちの一人がお目当ての幽霊舟を見つけたらしい。

「どこだい？」

橋のなかほどにいたしめと雨傘屋が、声のしたほうに走った。

「あそこです、あそこ」

幽霊の舟が、橋の下に入るのを見た。急いで、反対側に回り、川面をのぞき込む。

「あれだ」

投げつけた。それは、舟の上の幽霊に当たって

「あんた、なに投げたんだい？」

しめが雨傘屋に訊いた。

「卵です」

「卵？」

「ええ。でも、殻にちょっとだけ穴を開け、中身をすすったあとに、墨汁を入れておいたんです。舟と幽霊に墨がついているはずですよ」

しめに説明すると、すぐに橋の西詰のほうに行き、

「幽霊は墨をかぶってるぜ。猪牙舟の船頭のふりをするかもしれねえが、そいつが幽霊の贋者だ。捕まえてくれ！」

後を追い始めた橋番たちの舟に向かって叫んだ。

「あいよ。わかった」

橋番たちも了解したらしい。

しばらくしてその舟は、もう一艘《そう》の舟といっしょに岸にもどって来た。

「おう、捕まえたか」

しめと雨傘屋は、急な階段から船着き場に降りた。

もう一艘の舟に、肩のあたりを墨汁で染めた若い男が立っている。こいつは、い

ままでも猪牙舟の船頭のふりをして、誰何《すいか》から逃れてきたのだ。

「あんた、なんだってこんな人騒がせなことをしやがったんだい？」

しめは十手を構えて訊いた。

「勘弁してください」

船頭はシュンとしている。歳はまだ二十歳そこそこといったところ。とても悪事などしそうもない、おとなしそうな顔である。

「とりあえず、大番屋に入ってもらおうか」

後ろから雨傘屋が縄をかけた。


根岸は、しめと雨傘屋から直接、幽霊心中の二度目の幽霊を捕まえたという報告を受けた。

「ふっふっふ。卵の殻に墨を入れたのをぶつけたのか」

「へえ」

雨傘屋は肩をすくめた。

「大方、目印をつけるのだろうとは想像していたが、その手は思いつかなかったな。たいした名案だ」

「畏れ入ります

「そうでした」

「女は着物だけで、ふくらんでいるみたいに見せかけただけか」

「まさに」

「そんなことだろうと思ったよ」

と、根岸は微笑んだ。

「そうでしたか」

「月のない晩を選べば、まずわからぬわな」

「でも、なんであんなことをしたか、まだ白状しねえんで」

「そんなものはわかるだろう。二度目の幽霊で儲かったのは誰だ？」

根岸の問いに、しめと雨傘屋は顔を見合わせ、

「瓦版がたいそう売れてます」

しめが言った。

「瓦版屋は、自分の首を絞めることはしないさ。ほかに？」

「毎夜の野次馬で、夜鳴きそば屋が大勢出て、どこも大入りですよ。あ、あいつらが仕組んだのですか？」

「うむ。わしは最初からそう思っていた」

「では、夜鳴きそば屋あたりから締め上げますか？」

「しめさん、もうよいではないか」

「え？」

「瓦版が売れ、夜鳴きそば屋が儲かり、野次馬たちだってずいぶん楽しんだだろうが。誰も損をしておらぬ。こんなことを思いついたのも、わしらが幽霊心中を早く解決しなかったせいでもある。船頭はまあ適当に脅して、解き放ってやればいいのではないかな」

「わかりました。あたしも、あの船頭をお白洲に引っ張り出すのは可哀そうだと思っていたんです。よかったです」

しめは嬉しそうに言った。

しめと雨傘屋が引き下がると、入れ替わるように、椀田と宮尾が、若山殺しの下手人たちを捕まえたという報告を持って来た。

八

ずいぶん多くのことが見えてきた。

椀田たちが捕まえたのは案の定、海賊みたいな連中で、しょせん下っ端なのだ。

と、根岸は思った。そのあたりの事情をいちばん知っているのは、江戸の水運業の大立者であるあの男なのだ。

翌朝——。

根岸は椀田と宮尾を伴って、もう一度、鉄砲洲に五郎蔵を訪ねた。

五郎蔵は船着き場にいて、帳簿と船を照らし合わせているところだったが、

「そろそろ来るころだと思ってたよ」

苦笑して言った。

「そうなのか？」

「今度ばかりは、いっさいしゃべらねえというわけにはいかねえだろうなと、まあ、覚悟していたわけさ」

「覚悟は大袈裟だろうが」

「いや、下手したら、あんたと袂を分かつことになりかねないからな」

「ふうむ」

五郎蔵の顔は真面目である。

「あれから、おれなりにいろんなやつに話を聞いてみたんだ」

「そうか。であれば、ずいぶんわかっただろう？」

「あんたが納得するほどかどうかはわからんよ。まずな、おれが高句麗屋のことを知っていて、しらばくれていたと思ったかもしれないが、ほんとに知らなかったんだ」

と、五郎蔵は言った。

「そうだろうと思ってたよ。死体を見たときも、顔は知らなかったみたいだからな」

「ああ。高句麗屋という名がわかっていたら、土久呂さんあたりに、おや？　と思わせるような顔を見せちまったかもしれんが、なにせ知らない顔だったんだ」

「だが、高句麗屋は船頭上がりなんだ」

「ああ。若いころは藤吉《とうきち》といったそうだ」

「ほう。だが、あんたが知らない船頭は珍しくないか？」

「そんなことはない。藤吉は、品川のほうと行き来してたらしいが、おれのところの荷物はほとんど運んでなかったみたいだ」

「なるほどな」

「あれが舟遊びをし出すころに、おやじが亡くなった。家は百済屋という廻船業者だったが、おやじの死後ごたごたして、母親は芝で飲み屋を始めたが、たいして流行らず酒に溺れちまったのさ」

五郎蔵は意を決したように言った。

「だろうと思っていたよ」

「四海屋のことも？」

「伝説の大商人だったらしいな。いろいろ訊いたよ」

「だったら話は早い。もともと四海屋は、かんたんに倅に跡を継がせるといったことは考えていなかったらしい。馬鹿な倅がやれるほど、自分の商売は単純なものではないとわかっていたのさ」

「いい心掛けだ」

「ただ、藤吉はおやじの才能と胆力をずいぶん受け継いでいたみたいだ。江戸で船頭として働き、廻船持ちにまでなると、そのあと大坂に行った」

「最初に馬関ではなかったのか？」

意外そうに根岸が言うと、

「そうらしい。なんといっても大坂は商人の町だ。この国のさまざまな物産は、江戸よりも大坂のほうに集まる。相場も盛んで、資金も大きくできる」

「いっしょに心中した小菊という芸者も大坂にいたのだ」

「そうだったのか。おれは、そっちはまるでわからん。そこらはあんたが知ったこと照らし合わせてくれたらいい」

「わかってるさ」

「藤吉は大坂で、四海屋の出店だった揚州屋と組み、さらに大きな商売をした」

同時に、そこでまだ幼かった小菊とも知り合っているはずだが、そのことを根岸は口にしない。

「そして、藤吉は馬関に行き、異国との商売を手掛けた。当然、異国との商売は長崎以外ではやれねえから、抜け荷ということになる。だが、馬関で抜け荷が盛んなことは、廻船業者なら誰でも知っている」

「……」

「藤吉がそこで、かつて四海屋の馬関店だった高句麗屋を乗っ取ったのか、買い取ったのか、それとも潰れていたのを再興したのか、そこらはわからねえ。だが、藤吉は馬関で高句麗屋藤右衛門となった」

「たいしたもんだな」

「そうするうち、おやじの話もずいぶん聞いただろうし、おやじの商売の衣鉢を継ぎたいと思ったのだろう」

「わかるな」

屋の代で、劉清河という男だ」

「劉清河……」

　根岸は、記憶の糸をたぐった。松平定信から聞いたような気がする。松平定信という御仁はずいぶんとぼけたところもあるが、この国の国防をもっとも憂い、しかも海外の事情をもっともよく知る人物でもあるのだ。

「劉清河が、何人かいるせがれのなかでは、いちばんおやじと直接、話をし、薫陶も受けたに違いない。おやじが亡くなったときは、上海の出店の番頭をしていた」

「そうだったのか」

「それでも、そっくりおやじの商売を継ぐのは難しかった。なにせ、出店の数は多いし、名前すらばらばらだったからな」

「それはそうだ」

「だが、二十年かけて一つ一つ出店を手に入れて、徐々におやじの商売の規模に近づいた。と、そこに、もう一人の倅が割って入ってきた。こいつは琉球生まれの四海屋の倅で、図々しく四海屋を名乗っている」

「ほう」

「だが、商売のやり方は荒っぽい。抜け荷はもちろん、阿片も扱えば、取り込み詐欺の片棒も担いでいる」

「つい最近、とある大名家に取り入って、そこの船を使って抜け荷をさせたりしたのは二代目四海屋か。それで、追いかけていた北町奉行所の同心を殺害した」

「そうなんだ。おれも、それは聞いた。これは黙っているわけにはいかないと思ったのも、そのせいだよ」

「なるほど」

「高句麗屋は、この劉清河と二代目四海屋の跡目争いに割って入ろうとした」

根岸は五郎蔵の言葉にうなずくと、初めて手の内を明かした。

「やっぱりな。だが、もともと勝ち目は乏しかったのだろうな。船頭からの叩き上げで、持っていた廻船も少なかった。相手はおそらく、すでに琉球だの朝鮮だのに地盤ができていたんだ。それに勝つため、高句麗屋は無謀な荒技を仕掛けた。一つは、玉木屋六兵衛と組んだ取り込み詐欺。そして、もう一つは自らを押し込みに襲わせて、その下手人は跡目争いの相手――四海屋の二代目だというふうに、奉行所の者たちを動かそうとしたが、北町の追及は甘く、そこまで辿りつかなかった」

「そういうことか」

「そのためにわざわざ江戸に出て来たのだろうが、やり過ぎたな。焦ったのかね」

「まあ、この商売は、ほんとに船が転覆したり遭難したりする。高句麗屋もそれで

「だがな、根岸、おれも四海屋の商売に憧れる一人なんだ」

「……」

「世界を股にかけた商売だよ。この国は、国なんか閉ざすことなんかやめて、どんどんああいう商売で国を富ませていくべきだと思っている。すると、当然、お上の方針とはぶつかってしまうがな。それでもおれは、四海屋の倅たち、血が繋がっていようがいまいが、そういうやつらを応援したいのさ」

「ずいぶん大きな話だ」

「そうさ。だから、さすがのあんたも、あの連中を一網打尽とはいかないと思うぜ」

「せめて、二代目の四海屋は捕まえたいな」

「外海をぐるぐる回っているうちに、出会うかもしれねえな」

「それは難しいな」

「だが、おれは二代目の四海屋は、劉清河に始末される気がするよ」

「ほう」

「四海屋の商売は、のれんは大事にしないかもしれねえが、やっぱり信義を基本にしている。とすれば、海賊は処分される」

「なるほど」

「おれが話せるのはそこらまでだ」

「いや、充分話してくれた。あんたの憧れについては、聞かなかったことにしておくよ」

「そうだな。飯を食っていくか？」

五郎蔵は、椀田や宮尾も見て訊いた。

「今日はやめておくよ」

根岸はそう言って、五郎蔵と別れた。

「御前。調べはつづけますか？」

宮尾が歩きながら訊いた。

「いや、いいだろう。若山忠兵衛殺しの下手人は捕まえたし、取り込み詐欺の手口もずいぶんわかったし、最初の高句麗屋の死体の身替わりは、海賊でも捕まえてきたのだろう……高句麗屋と小菊の心中は、殺しではない。小菊は藤吉のために取り込み詐欺の手助けをしてしまったんだろうな、やはり自分たちが死を選んだのだろう」

「そうですね」

宮尾はうなずいたが、

落ち着くのを待ちますか？」

「そうさなあ。そこはもう少しうまく落ち着かせたいところだわな」

根岸はそう言って、ため息をついた。

九

高句麗屋と小菊のおおまかな人生はわかっても、二人が心中に至るまでの気持ちはわかるはずがない。そういうものだろうと諦めかけたとき、根岸は意外な人物かららことの真相を聞いたのだった。

その晩──。

根岸は久しぶりに深川の舟宿〈ちくりん〉の二階にいた。

このところ忙し過ぎた身体と気持ちを、どうにも自分で労《いた》わらなければと思った。

もちろん、力丸を呼んだ。

いつもは階下で根岸の護衛役に徹する宮尾と椀田も二階に上げ、一緒に力丸の唄を聞き、軽く酒を飲んだ。手ひどく飲めば、逆に疲れる。ほろ酔いで、心の憂さを解き放ってやるのである。

そのうち、ふだんは仕事の話はしないのだが、開けた窓から舟が見えているのがきっかけで、

「船頭上がりの藤吉と、大坂生まれのおあきか」

根岸がぽつりと言った。すると、

「え？」

力丸の顔が変わった。

「どうした？」

「いま、藤吉とおあきとおっしゃいました？」

「ああ。話題の高句麗屋と小菊の元の名前だよ」

「まさか……」

「なんだ、知っていたのか。まあ、日本橋だが、芸者だったからな」

「いえ、芸者同士の知り合いじゃないんです」

「じゃあ、なんだ？」

「この前、本所のほうの小さな料亭に呼ばれましてね。終わったあと、女将さんとしばらくおしゃべりして、帰ろうというときに、廊下で会った男の人に、おや、力丸姐さんて声をかけられたんです。なんでも、お座敷で何度かあたしの芸を見たことがあったんだそうです。どれも大勢のお座敷だったので、あたしは覚えてなかったんですが。それで、その人が言うには、いま、そっちで飲んでるんだが、いっし

「いつもなら断るんですが、なんでしょうね、あの晩の雰囲気だったのか、いいですよとその部屋に入りましてね。二人でした。それで、藤吉さんと、おあきって呼び合ってました。おあきちゃんは、三味線を習ったことがあると言って、あたしの唄をほんとに褒めてくれましてね。うっすらとお化粧もしていたんですが、まさか芸者とは思いませんでした」

「そうか」

ようやく根岸が相槌を打った。

「それから、唄ったり、教えたりするうち、妙に気が合ったというか、いろいろ話をしたんですよ」

「……」

「身の上話みたいにもなりました。おあきちゃんは、大坂生まれだと言ってました。二人はしばらく兄妹みたいにしていたんですってよ。藤吉さんは二十歳ちょっとのころ。おあきちゃんは、まだ十歳前でしょう。背中におんぶしてもらって、潮干狩りに行ったたって。船にも乗せてもらって外海に出たときの感激は忘れられないって。それから、大坂の、なにやら口喧嘩をし合うお祭りにも連れてってもらったたって」

「ああ、そういうのがあるらしいな」

「あのころがいちばん楽しかったって。それはもう、心底そう思っているみたいでした。そしたら、藤吉さんが訊いたんです。おあき、そのころからおれが好きだったのかって」

「おあきはなんと言ったんだ？」

「そうや、って。大坂言葉でですよ。そうや、うちはそのころから藤吉はんが大好きやったんや。大きゅうなったら、必ずお嫁にしてもらうんやって思うとったって。大坂の言葉って、柔らかくてほんとに耳に心地いいんですよ。あたしは、自分の言葉が恥ずかしくなったくらいでした」

「ふむ」

「おあきちゃんが、藤吉さんを見るときのまなざしが、また、なんとも言えないんですよ。女が惚れた男に向ける顔は、この世の花ですね」

「そうかい」

「あたし、そんな顔をひいさまに向けてますか？」

「わしはいつも、花を見るように、あんたを見てるだろ」

根岸は、ちらりと、宮尾と椀田を見て言った。

宮尾と椀田は素知らぬ顔である。

根岸は先をうながした。

「それで、いったんは離れ離れになっていたけど、江戸で再会したんですって。だから、二人はいっしょになることにしたんですよって。二人とも恥ずかしそうにね。あたしも、おめでとうって、思わず言ってしまいましたよ」

「力丸。さっき、二人は兄妹みたいにと言ったが、二人はほんとに兄妹だったのさ」

「え」

「母親は違ったが、同じ父親の兄と妹なんだよ」

「そうだったの」

「いっしょにはなれぬわな」

「でも、いっしょになると、あのとき言ったのは……」

力丸の声が湿っぽくなった。

「この世では結ばれないとわかっていたんですね」

そこまで言うと、力丸は身をよじるようにして、

「ああ、可哀そう」

ふいに三味線を取り、しばらくかき鳴らした。

根岸たちは、力丸とは思えない乱れた三味線の音を聞いた。

バチを止めて、

「確かにその晩ですよ」

と、力丸は言った。

「そうなのか」

「あのあと、二人はしばらく歩いて、薬研堀で舟を借りたんでしょう」

力丸は、そのときの光景を思い浮かべるように目を閉じた。

「……」

「なんてこと」

力丸はそう言って、倒れ込むように顔を伏せると、しばし号泣した。

根岸はいたたまれない気分である。

兄と妹。この世では結ばれない二人。

だが、二人が心中に至った訳はそれだけではないだろう。

高句麗屋はどうしようもないところまで追い詰められていたのだろうし、一度、死んだふりをした者は、やはり死ななければならなくなってしまったのではないか。

それから根岸たち四人は、話題を変え、隅田川沿いの桜並木の紅葉具合について話してから、お開きとしたのだった。

句麗屋と小菊の最後の晩の会話を再現していた。

「どうせ、この世では結ばれない二人だ」

「兄と妹じゃね」

「なんてえ定めなんだろうな」

「でも、藤吉さん。あの世だったら」

「そうか、その手があるか」

「死んで海に出ましょうか」

「それはいい。海はいいぜ」

「はい。二人はとこしえにいっしょですよ」

そして、最後の文は、こうだった。

「根岸肥前守さまは、いったん深川の超弦寺に安置してあった二人の骨を、海に撒いてくるよう命じられ、配下の同心が昨日、船を出し、富津岬《ふっつみさき》の先で、二人の骨灰を外海の流れに乗せてやったということである」と。

文春文庫

耳袋秘帖《みみぶくろひちょう》　南町奉行《みなみまちぶぎょう》と幽霊心中《ゆうれいしんじゅう》

定価はカバーに
表示してあります

2023年8月10日　第1刷

著　者　風野真知雄《かぜのまちお》
発行者　大沼貴之
発行所　株式会社　文藝春秋

東京都千代田区紀尾井町 3-23　〒102-8008
TEL 03・3265・1211㈹
文藝春秋ホームページ　http://www.bunshun.co.jp

落丁、乱丁本は、お手数ですが小社製作部宛お送り下さい。送料小社負担でお取替致します。

印刷製本・凸版印刷

Printed in Japan
ISBN978-4-16-792078-4